C. S. Lewis

Die Reise auf der »Morgenröte«

C.S. LEWIS

DIE REISE AUF DER »MORGENRÖTE«

Brendow Buch Kunst Verlag

Aus dem Englischen von Ulla Neckenauer
Illustriert von Thomas Georg

Die Deutsche Bibliothek – CIP-Einheitsaufnahme

Lewis, Clive S.:
Die Reise auf der Morgenröte : die Chroniken von Narnia / C. S. Lewis.
[Aus dem Engl. von Ulla Neckenauer].
– Moers : Brendow, 1994
(Edition C : C ; 401)
Einheitssacht.: The voyage of the dawn treader <dt.>
ISBN 3-87067-538-1
NE: Edition C / C

ISBN 3-87067-538-1
Edition C, Reihe C 401

Originalausgabe: THE VOYAGE OF THE DAWN TREADER, erschienen
in den Verlagen
Geoffrey Bles 1952 und William Collins, London 1974
Einbandgestaltung: Thomas Georg, Berlin
Druck und Bindung: Clausen & Bosse, Leck
Printed in Germany

INHALT

DAS BILD IM SCHLAFZIMMER

Es war einmal ein Junge namens Eustachius Knilch, und diesen Namen hatte er fast verdient. Seine Eltern nannten ihn Eustachius, und seine Lehrer nannten ihn Knilch. Ich kann euch nicht sagen, wie ihn seine Freunde nannten, denn er hatte keine. Seinen Vater und seine Mutter nannte er nicht „Vater“ und „Mutter“, sondern Harold und Alberta. Es waren sehr moderne und fortschrittliche Leute. Sie waren Vegetarier, Nichtraucher und Antialkoholiker, und sie trugen eine besondere Art Unterwäsche. In ihrem Haus gab es sehr wenig Möbel, auf den Betten lagen sehr wenig Decken, und die Fenster waren immer offen.

Eustachius mochte gerne Tiere – vor allem Käfer, wenn sie tot und auf Karton aufgespießt waren. Er mochte gerne Bücher, wenn es Sachbücher waren und wenn sie Bilder von Getreidehebern enthielten und von dicken ausländischen Kindern, die in Modellschulen unterrichtet wurden.

Seine Cousins und Cousinen, Peter, Suse, Edmund und Lucy, mochte Eustachius nicht. Aber er war froh, als er hörte, daß Edmund und Lucy zu einem längeren Besuch kommen sollten. Denn im geheimen liebte er es, andere herumzukommandieren und zu schikanieren; und obwohl er ein schwächlicher kleiner Kerl war, der in einem Streit nicht einmal mit Lucy – und noch viel weniger mit Edmund – fertig geworden wäre, so wußte er doch, daß es Dutzende von Möglichkeiten gab, andere zu ärgern, wenn man bei sich zu Hause war und die anderen nur auf Besuch.

Edmund und Lucy hatten überhaupt keine Lust, bei Onkel Harold und Tante Alberta zu bleiben. Aber es gab wirklich keine andere Möglichkeit. Vater hatte für diesen Sommer eine viermonatige Lehrtätigkeit in Amerika übernommen, und Mutter wollte ihn begleiten, weil sie seit zehn Jahren keinen richtigen Urlaub mehr gemacht hatte. Peter bereitete sich gerade sehr intensiv auf ein Examen vor und sollte dabei in den Ferien von dem alten Professor Kirke unterstützt werden, in dessen Haus die vier Kinder vor langer Zeit, während der Kriegsjahre, wunderschöne Abenteuer erlebt hatten. Wenn der Professor noch immer in diesem Haus gelebt hätte, dann würde er alle miteinander eingeladen haben. Aber er war inzwischen verarmt und wohnte in einem kleinen Haus, in dem nur ein einziges zusätzliches Zimmer zur Verfügung stand. Es hätte zuviel Geld gekostet, die drei Kinder nach Amerika mitzunehmen, deshalb war nur Suse mitgefahren. Die Erwachsenen hielten sie für die hübscheste der Familie, und sie war nicht gut in der Schule (obwohl sie sonst für ihr Alter schon sehr erwachsen war), und Mutter sagte, sie hätte sehr viel mehr von einer Reise nach Amerika als ihre jüngeren Geschwister. Edmund und Lucy bemühten sich, Suse um ihr Glück nicht zu beneiden, doch es war schrecklich für sie, daß sie die Sommerferien bei ihrer Tante verbringen mußten. „Aber für mich ist es viel schlimmer“, sagte Edmund, „weil du wenigstens ein eigenes Zimmer hast, während ich meines mit diesem Oberstinker Eustachius teilen muß.“

Die Geschichte beginnt an einem Nachmittag, an dem Edmund und Lucy ein paar kostbare Minuten allein verbrachten. Und natürlich redeten sie über Narnia. So hieß nämlich ihr ureigenstes, privates und geheimes Land. Ich nehme an, daß wir fast alle ein geheimes Land haben, aber für die meisten von uns existiert es nur in der Vorstellung. Edmund und Lucy hatten in dieser Hinsicht mehr Glück als andere. Ihr geheimes Land gab es wirklich. Sie waren schon zweimal dort gewesen, nicht im Spiel oder im Traum, sondern richtig. Natürlich waren sie durch Zauberei hingelangt, denn das ist die einzige Möglichkeit, Narnia zu erreichen. Und in Narnia war ihnen versprochen worden – oder zumindest fast –, daß sie eines Tages zurückkommen würden. Ihr könnt euch vorstellen, daß sie oft darüber redeten, wenn sie Gelegenheit dazu hatten.

Sie waren in Lucys Zimmer, saßen auf dem Rand ihres Bettes und schauten auf ein Bild an der gegenüberliegenden Wand. Es war das einzige Bild im Haus, das ihnen gefiel. Tante Alberta gefiel es überhaupt nicht (deshalb hing es hier in dem kleinen Hinterzimmer im oberen Stock), aber sie konnte es nicht wegwerfen, weil es ein Hochzeitsgeschenk von jemand gewesen war, den sie nicht verletzen wollte.

Es war das Bild eines Schiffes – und wenn man vor dem Bild stand, dann segelte das Schiff fast kerzengerade auf einen zu. Der Bug war vergoldet, und er war geformt wie ein Drachenkopf mit weit offenem Maul. Das Schiff hatte nur einen Mast und ein großes, viereckiges Segel in kräftigem Lila. Die Bordwände des Schiffes – das, was man hinter den vergoldeten Flügeln des Drachen davon sehen konnte – waren grün. Es schwebte gerade ganz oben auf dem Kamm einer herrlichen blauen Welle. Offensichtlich segelte es rasch vor einem kräftigen Wind, und es war ein wenig nach backbord geneigt. (Übrigens – wenn ihr diese Geschichte lesen wollt und falls ihr es noch nicht wißt, dann merkt euch am besten gleich, daß die linke Seite des Schiffes, wenn man nach vorne schaut, *Backbord* genannt wird und die rechte Seite *Steuerbord*.) Von dort fiel auch die Sonne auf das Schiff, und das Wasser auf dieser Seite war voll mit grünen und lilafarbenen Flecken. Auf der anderen Seite war es vom Schatten des Schiffes dunkelblau.

„Die Frage ist“, sagte Edmund, „ob es die Sache nicht noch schlimmer macht, wenn man ein Schiff aus Narnia *anschaut* und es nicht erreichen kann.“

„Anschauen ist besser als gar nichts“, sagte Lucy. „Und es ist wirklich ausgesprochen narnianisch.“

„Spielt ihr noch immer euer altes Spiel?“ fragte Eustachius, der draußen vor der Tür gelauscht hatte und jetzt grinsend hereinkam. Als er Peter, Suse, Edmund und Lucy im vorigen Jahr besucht hatte, hatte er mit angehört, wie sie von Narnia geredet hatten, und es machte ihm großen Spaß, sie damit zu necken. Er dachte natürlich, sie hätten sich alles nur ausgedacht; und weil er selbst viel zu dumm war, sich etwas auszudenken, gefiel ihm das überhaupt nicht.

„Du bist unerwünscht hier“, sagte Edmund kurz.

„Ich versuche gerade, mir einen Reim auszudenken“, sagte Eustachius. „Etwa so:

Die Kinder, die ewig träumen von Narnia,
werden von Tag zu Tag alberner ...!“

„Also zuallererst einmal reimen sich *Narnia* und *alberner* nicht“, sagte Lucy.

„Es ist eine Assonanz“, sagte Eustachius.

„Frag ihn bloß nicht, was eine Asso-Dingsbums ist“, sagte Edmund. „Er wartet nur darauf, gefragt zu werden. Sag nichts, dann geht er vielleicht wieder.“

Fast jeder Junge wäre bei einem derartigen Empfang wieder gegangen, oder er hätte sich aufgeregt. Aber Eustachius tat keins von beiden. Er ging herum und grinste, und dann sagte er:

„Gefällt euch das Bild ?“

„Gib ihm um Himmels willen keine Gelegenheit, über Kunst und all das zu reden“, sagte Edmund rasch, aber Lucy, die sehr ehrlich war, hatte schon gesagt: „Ja. Es gefällt mir gut."

„Es ist ein abscheuliches Bild", sagte Eustachius.

„Wenn du hinausgehst, siehst du es nicht mehr", sagte Edmund.

„Warum gefällt es dir?" sagte Eustachius zu Lucy.

„Also, zuerst einmal", antwortete Lucy, „gefällt es mir, weil es so aussieht, als würde sich das Schiff tatsächlich bewegen. Und das Wasser sieht so aus, als wäre es tatsächlich naß. Und die Wellen sehen so aus, als gingen sie tatsächlich auf und nieder."

Natürlich hatte Eustachius viele Antworten parat, aber er sagte nichts. Denn genau in diesem Moment schaute er die Wellen an und sah, daß es tatsächlich so aussah, als bewegten sie sich auf und nieder. Er war erst einmal auf einem Schiff gefahren (und nur bis zur Insel Wight), und damals war er schrecklich seekrank geworden. Und jetzt, wo er die Wellen anschaute, wurde ihm wieder schlecht. Er wurde etwas grün im Gesicht, doch dann riskierte er noch einen Blick. Und dann starrten alle drei Kinder das Bild mit offenem Mund an.

Was sie sahen, klingt ziemlich unwahrscheinlich, wenn man es liest, aber es war fast genauso unwahrscheinlich, wenn man es tatsächlich vor sich sah. Die Gegenstände auf dem Bild bewegten sich. Es sah auch überhaupt nicht so aus wie ein Film; dafür waren die Farben zu wirklich, zu klar und zu natürlich. Der Bug tauchte in die Welle, und riesige Wassermassen schäumten empor. Dann hob sich die Welle hinter dem Schiff, und zum ersten Mal waren Heck und Deck zu sehen. Doch beides verschwand wieder, als das Schiff auf die nächste Welle traf und der Bug sich wieder hob. Im gleichen Moment begannen die Blätter eines Schulhefts, das neben Edmund auf dem Bett lag, wild zu flattern. Es erhob sich in die Luft und segelte zu der Wand hinter ihm. Lucy spürte, wie ihre Haare durchgewirbelt wurden, so wie an einem windigen Tag. Und dies war ein windigerTag; aber der Wind blies aus dem Bild heraus auf sie zu. Und mit dem Wind kamen plötzlich auch die Geräusche – das Plätschern der Wellen, das Klatschen des Wassers gegen die Bordwände des Schiffes, das Knarren und das alles übertönende Brausen von Wind und Wasser. Aber es war der Geruch, der wilde, salzige Geruch, der Lucy überzeugte, daß sie nicht träumte.

„Hört auf!" rief Eustachius mit einer Stimme, die vor Angst und Wut quiekte. „Es ist ein blöder Streich, den ihr zwei mir da spielt. Hört auf! Ich sage es Alberta – huch!"

Die anderen beiden waren viel eher an Abenteuer gewöhnt, aber im gleichen Augenblick, als Eustachius „Huch!" rief, riefen sie beide ebenfalls „Huch!". Denn ein kräftiger kalter Wasserstrahl hatte sich aus dem Bilderrahmen heraus über sie ergossen, und sie waren von der Wucht des Aufpralls völlig außer Atem. Außerdem waren sie durch und durch naß.

„Ich schlag' das blöde Ding kaputt!" rief Eustachius; und dann geschahen mehrere Dinge zur gleichen Zeit. Eustachius stürzte auf das Bild zu. Edmund, der von Zauberei etwas verstand, stürzte hinterher und rief, er solle aufpassen und keine Dummheiten machen. Lucy packte ihn von der anderen Seite und wurde mitgezerrt. Und inzwischen waren entweder sie viel kleiner, oder aber das Bild war viel größer geworden. Eustachius sprang hoch, um es von der Wand zu reißen, und stand plötzlich auf dem Bilderrahmen. Unter ihm war kein Glas, sondern ein richtiges Meer, und der Wind und die Wellen schlugen gegen den Bilderrahmen, so wie sonst gegen einen Felsen. Eustachius verlor den Kopf und klammerte sich an den beiden fest, die neben ihm hochgesprungen waren. Eine Sekunde lang standen sie schwankend da und schrien durcheinander, und gerade als sie dachten, sie hätten das Gleichgewicht wiedergefunden, erhob sich eine große blaue Welle, riß ihnen die Beine unter dem Leib weg und spülte sie hinunter ins Meer. Der verzweifelte Aufschrei von Eustachius brach plötzlich ab, als ihm das Wasser in den Mund schlug.

Lucy dankte dem Himmel, daß sie im letzten Sommer so eifrig schwimmen gelernt hatte. Es ist zwar richtig, daß sie viel besser vorwärts gekommen wäre, wenn sie nicht so hektisch geschwommen wäre, und daß das Wasser auch viel kälter war, als es auf dem Bild ausgesehen hatte. Aber immerhin war sie so vernünftig, ihre Schuhe abzustreifen, so, wie das jeder tun sollte, der angezogen ins tiefe Wasser fällt. Sie ließ sogar den Mund zu und behielt die Augen offen. Sie waren noch immer recht nahe bei dem Schiff; Lucy sah die hochaufragende grüne Bordwand und entdeckte, daß die Leute vom Deck aus zu ihnen herunterschauten. Dann – wie es zu erwarten war – klammerte sich Eustachius in seiner Panik an sie, und sie gingen beide unter.

Als sie wieder hochkamen, sah Lucy, wie eine weiße Gestalt ins Wasser sprang. Edmund war inzwischen neben ihr, trat Wasser und hielt den heulenden Eustachius an den Armen fest. Dann schob jemand anders, dessen Gesicht ihr entfernt bekannt vorkam, von der anderen Seite den Arm unter sie. Vom Schiff her erklang Geschrei, über der Bordwand drängten sich die Köpfe dicht zusammen, und dann wurden Taue zu ihnen heruntergeworfen. Edmund und der Fremde befestigten eines davon an ihr. Danach mußte sie lange warten (oder zumindest kam es ihr so vor), ihr Gesicht wurde ganz blau, und ihre Zähne klapperten. In Wirklichkeit war es gar nicht so lange; man wartete nur ab, bis man sie an Bord ziehen konnte, ohne daß sie gegen die Bordwand geworfen wurde. Trotz all dieser Bemühungen hatte sie ein aufgeschlagenes Knie, als sie schließlich tropfend und zitternd an Deck stand. Nach ihr wurde Edmund hochgezogen und dann der unglückliche Eustachius.

Zuletzt kam der Fremde – ein Junge mit goldenen Haaren, der ein paar Jahre älter war als sie selbst.

„Ka-Ka-Kaspian!“ keuchte Lucy, sobald sie wieder zu Atem gekommen war. Denn es war tatsächlich Kaspian; Kaspian, der jugendliche König von Narnia, dem sie bei ihrem letzten Besuch zum Thron verholfen hatten. Sofort erkannte auch Edmund ihn. Alle drei schüttelten sich die Hände und klopften sich voller Entzücken gegenseitig auf den Rücken.

„Aber wer ist denn euer Freund dort?“ fragte Kaspian dann und wandte sich freundlich lächelnd zu Eustachius. Aber der weinte viel lauter, als ein Junge in seinem Alter eigentlich weinen darf, wenn er lediglich naß geworden ist. Er rief: „Laßt mich gehen! Ich will zurück! Es *gefällt mir nicht*!“

„Dich gehen lassen?“ fragte Kaspian. „Aber wohin?“

Eustachius rannte zur Bordwand des Schiffes, als erwartete er, den Bilderrahmen über dem Meer hängen zu sehen und vielleicht einen Schimmer von Lucys Zimmer zu erhaschen. Aber er sah nur blaue Wellen mit Schaumkronen und den hellblauen Himmel, und beides erstreckte sich endlos bis zum Horizont. Man kann ihm kaum einen Vorwurf machen, daß ihm das Herz in die Hosentasche fiel. Und sofort wurde ihm schlecht.

„He! Rynelf!“ sagte Kaspian zu einem der Matrosen. „Bring Glühwein für Ihre Majestäten. Ihr braucht etwas zum Aufwärmen nach eurem Bad.“ Er nannte Edmund und Lucy „Ihre Majestäten“, weil sie und Peter und Suse lange vor seiner Zeit Könige und Königinnen von Narnia gewesen waren. In Narnia läuft die Zeit anders als bei uns. Wenn man hundert Jahre in Narnia verbringt, so kommt man dennoch zur gleichen Stunde des gleichen Tages, an dem man weggegangen ist, in unsere Welt zurück. Und wenn man dann nach Narnia zurückkehrt, nachdem man eine Woche hier verbracht hat, sind dort vielleicht tausend Jahre vergangen oder vielleicht nur ein Tag oder vielleicht kein einziger. Das weiß man nie, bevor man hinkommt. Als die Kinder das letzte Mal zu ihrem zweiten Besuch nach Narnia gekommen waren, war es (für die Narnianen) so, als käme König Arthur heute nach England zurück, so, wie manche Leute das prophezeien. Und ich meine – je schneller dies geschieht, desto besser.

Rynelf brachte den in einem Krug dampfenden Glühwein und vier silberne Becher. Es war genau das richtige, und während Lucy und Edmund den heißen Wein schlürften, spürten sie, wie sich die Wärme bis in ihre Zehenspitzen ausbreitete. Aber Eustachius verzog das Gesicht, würgte und spuckte ihn aus; er übergab sich, begann wieder zu weinen und fragte, ob sie nicht Meyers vitaminisierte Nervennahrung hätten und ob man sie mit destilliertem Wasser zubereiten könne, und sowieso bestand er darauf, an der nächsten Haltestelle an Land gebracht zu werden.

„Das ist aber ein lustiger Schiffsmaat, den du uns da gebracht hast, Bruder", flüsterte Kaspian Edmund lachend zu; aber bevor er weiterreden konnte, legte Eustachius schon wieder los.

„Oh! Igittigitt! Was in aller Welt ist *das*? Bringt es weg, das entsetzliche Ding?"

Diesmal war es wirklich begreiflich, daß er ein wenig überrascht war. Etwas sehr Eigenartiges war aus der Kabine im Heck hervorgekommen. Man könnte es eine Maus nennen – und das war es auch. Aber diese Maus ging auf den Hinterbeinen, und sie war im Stehen etwa einen halben Meter groß. Sie trug einen dünnen Goldreif um den Kopf, der auf einer Seite unter dem Ohr und auf der anderen Seite über dem Ohr entlangführte, und unter diesem Goldreif steckte eine lange, blutrote Feder. (Da das Fell der Maus sehr dunkel, ja fast schwarz war, sah dies sehr verwegen und sehr eindrucksvoll aus.) Ihre linke Pfote ruhte auf dem Heft eines Schwertes, das fast so lang war wie ihr Schwanz. Sie hielt sich auf dem schwankenden Deck perfekt im Gleichgewicht, und sie hatte höfische Manieren. Lucy und Edmund erkannten sie sofort – Riepischiep, die Große Maus, das heldenhafteste Tier unter den Sprechenden Tieren von Narnia.

Im zweiten Kampf von Beruna hatte Riepischiep unsterblichen Ruhm erlangt. So wie schon immer, hätte Lucy ihn furchtbar gern auf den Arm genommen und gedrückt. Aber das war, wie sie sehr wohl wußte, ein Vergnügen, das sie sich für immer versagen mußte; es hätte ihn zutiefst gekränkt. Statt dessen kniete sie sich nieder und sprach mit ihm.

Riepischiep stellte das linke Bein vor, zog das rechte an, verbeugte sich, küßte Lucys Hand, richtete sich auf, zwirbelte seinen Schnurrbart und sagte mit schriller, piepsender Stimme:

„Meine bescheidenen Dienste stehen Eurer Majestät zur Verfügung. Und auch Euch, König Edmund." (Hier verneigte er sich noch einmal.) „Nichts als die Anwesenheit Eurer Majestäten hat bei diesem herrlichen Abenteuer noch gefehlt."

„Igitt, nehmt es weg!" heulte Eustachius. „Ich hasse Mäuse! Und Tiere, die reden und irgendwelche Rollen spielen, konnte ich noch nie ertragen. Sie sind albern und vulgär und – und kitschig."

„Soll ich daraus schließen", sagte Riepischiep zu Lucy, nachdem er Eustachius lange angestarrt hatte, „daß diese außergewöhnlich unhöfliche Person unter dem Schutz Eurer Majestät steht? Denn, falls nicht …"

In diesem Augenblick mußten Lucy und Edmund niesen.

„Wie dumm von mir, euch in euren nassen Sachen hier stehen zu lassen", sagte Kaspian. „Kommt mit nach unten, und zieht euch um. Ich überlasse dir natürlich meine Kajüte, Lucy, aber leider haben wir keine Frauenkleidung an Bord. Du wirst dich mit meinen Sachen begnügen müssen. Sei so gut, Riepischiep, und geh voraus!"

„Die Annehmlichkeiten einer Dame haben selbst gegenüber einer Ehrensache Vorrang – zumindest für den Augenblick …" Und hier warf er Eustachius einen scharfen Blick zu.

Aber Kaspian drängte sie weiter, und schon nach ein paar Minuten trat Lucy durch die Tür der Kajüte im Heck. Sie verliebte sich sofort – in die drei viereckigen Fenster, die auf das blaue, wirbelnde Wasser hinter dem Schiff hinausschauten, in die niedrigen gepolsterten Bänke, die an drei Seiten um den Tisch herumführten, in die schwankende silberne Lampe über ihrem Kopf (die, das erkannte sie sofort an der erlesenen Feinheit, von den Zwergen gemacht sein mußte) und in das goldene Abbild von Aslan dem Löwen an der vorderen Wand über der Tür. All das nahm sie mit einem Blick wahr, denn Kaspian öffnete sofort eine Tür an der Steuerbordseite und sagte: „Das ist dein Zimmer, Lucy. Ich suche dir nur ein paar trockene Sachen heraus" – während er redete, wühlte er in einer der Truhen –, „und dann lasse ich dich allein, damit du dich umziehen kannst. Wenn du deine nassen Sachen vor die Tür legst, lasse ich sie zum Trocknen in die Kombüse bringen."

Lucy fühlte sich in Kaspians Kajüte so zu Hause, als wäre sie schon seit Wochen hier. Die Bewegung des Schiffes beunruhigte sie nicht, denn in den alten Tagen, als sie Königin von Narnia gewesen war, hatte sie viele Reisen unternommen. Die Kajüte war winzig, aber sie war hell; da waren Paneelen, die mit Vögeln und anderen Tieren, tiefroten Drachen und mit Ranken bemalt waren, und alles war blitzsauber. Kaspians Kleider waren ihr zu groß, aber das war kein Problem. Seine Schuhe, seine Sandalen und seine Stiefel waren allerdings so groß, daß es hoffnungslos war, aber auf einem Schiff machte es ihr nichts aus, barfuß zu gehen. Als sie fertig angezogen war, schaute sie aus dem Fenster auf das vorbeiströmende Wasser und atmete tief ein. Sie war sicher, daß sie eine herrliche Zeit vor sich hatten.

AN BORD DER MORGENRÖTE

Ah, da bist du ja", sagte Kaspian. „Wir haben auf dich gewartet. Dies ist mein Kapitän – Lord Drinian."

Ein dunkelhaariger Mann ließ sich auf ein Knie nieder und küßte ihre Hand. Die einzigen anderen Anwesenden waren Riepischiep und Edmund.

„Wo ist Eustachius?" fragte Lucy.

„Im Bett", sagte Edmund. „Und ich glaube nicht, daß wir etwas für ihn tun können. Es geht ihm nur noch schlechter, wenn man versucht, nett zu ihm zu sein."

„In der Zwischenzeit", sagte Kaspian, „sollten wir uns unterhalten."

„Meine Güte, ja", entgegnete Edmund. „Zuerst einmal interessiert mich die Zeit. In unserer Zeitrechnung ist ein Jahr vergangen, seit wir dich kurz vor deiner Krönung verlassen haben. Und wie lange liegt das nach eurer Zeitrechnung zurück?"

„Genau drei Jahre", sagte Kaspian.

„Ist in Narnia alles in Ordnung?" fragte Edmund.

„Du glaubst doch wohl nicht, ich würde mein Königreich verlassen und mich auf eine Seereise begeben, wenn nicht alles in Ordnung wäre?" antwortete der König. „Es könnte nicht besser sein. Es gibt keinerlei Schwierigkeiten mehr zwischen den Telmarern, den Zwergen, den Sprechenden Tieren, den Faunen und den anderen. Und den lästigen Riesen an der

Grenze haben wir letzten Sommer so eingeheizt, daß sie uns jetzt Tribut zahlen. Außerdem habe ich einen ausgezeichneten Mann als Regenten eingesetzt, solange ich weg bin – Trumpkin, den Zwerg. Erinnert ihr euch an ihn?"

„Der liebe alte Trumpkin", sagte Lucy. „Natürlich erinnere ich mich. Du hättest keine bessere Wahl treffen können."

„So treu wie ein Dachs, meine Liebe, und tollkühn wie ein – wie eine Maus", sagte Drinian. Er wollte eigentlich sagen „... wie ein Löwe", aber er hatte gesehen, daß Riepischieps Augen auf ihn gerichtet waren.

„Und wohin geht unsere Reise?" fragte Edmund.

„Tja", sagte Kaspian. „Das ist eine ziemlich lange Geschichte. Vielleicht erinnerst du dich daran: Als ich noch ein Kind war, entledigte sich mein Onkel Miraz, der Usurpator, sieben getreuer Freunde meines Vaters (die meinen Platz hätten einnehmen können), indem er sie aussandte, um die unbekannten östlichen Meere hinter den Einsamen Inseln zu erforschen."

„Ja", sagte Lucy. „Und keiner von ihnen kam jemals zurück."

„Richtig. Am Tag meiner Krönung habe ich mit Aslans Zustimmung einen Eid abgelegt, daß ich – sobald ich für Frieden in Narnia gesorgt hätte – selbst für ein Jahr und einen Tag nach Osten segeln würde, um meines Vaters Freunde zu finden oder ihren Tod zu erforschen und sie, sofern möglich, zu rächen. Ihre Namen waren Lord Revilian, Lord Bern, Lord Argoz, Lord Mavramorn, Lord Octesian, Lord Restimar und – oh, das ist der, den ich mir so schlecht merken kann."

„Lord Rhoop, Herr", sagte Drinian.

„Rhoop, Rhoop, natürlich", sagte Kaspian. „Das ist mein wichtigstes Vorhaben. Aber Riepischiep hat noch eine beflügeltere Hoffnung." Alle Augen wandten sich der Maus zu.

„So beflügelt wie meine Stimmung", sagte sie. „Aber vielleicht auch so klein wie meine Gestalt. Warum sollten wir nicht das östliche Ende der Welt erreichen? Und was fände man da wohl? Ich erwarte, dort das Land Aslans zu finden! Der große Löwe kommt immer von Osten her zu uns, übers Meer."

„Das ist tatsächlich ein großartiger Gedanke", sagte Edmund mit ehrfürchtiger Stimme.

„Aber glaubst du", sagte Lucy, „daß Aslans Land eine Art Land ist – ich meine so ein Land, zu dem man *segeln* kann?"

„Ich weiß nicht, Herrin", sagte Riepischiep. „Aber es ist so: Als ich noch in der Wiege lag, sagte mir eine Waldfrau, eine Dryade, diesen Vers vor:

‚Wo Himmel und Erde sich treffen,
wo die Wellen sich zur Süße wenden,
zweifle nicht, Riepischiep,
dort wird deine Suche enden,
dort ist der äußerste Osten.'

Ich weiß nicht, was er bedeutet. Aber der Zauber dieses Verses hat mich mein ganzes Leben lang begleitet."

Nach einer kurzen Pause fragte Lucy: „Und wo sind wir jetzt, Kaspian?"

„Das kann dir der Kapitän besser erklären als ich", sagte Kaspian. Drinian holte seine Karte hervor und breitete sie auf dem Tisch aus.

„Das ist unsere Position", sagte er und deutete mit dem Finger auf die Karte. „Oder zumindest war sie es heute mittag. Von Feeneden aus hatten wir guten Wind und wandten uns ein wenig nördlich auf Galma zu, das wir am nächsten Tag erreichten. Wir lagen eine Woche im Hafen, denn der Herzog von Galma veranstaltete ein großes Turnier für den König, der dort viele Ritter vom Pferd warf …"

„Und der selbst ein paar böse Stürze einsteckte, Drinian. Ein paar Blutergüsse habe ich immer noch", warf Kaspian ein.

„Und der viele Ritter vom Pferd warf“, wiederholte Drinian grinsend. „Der Herzog hätte sich vermutlich gefreut, wenn Seine Majestät der König seine Tochter geheiratet hätte, aber daraus wurde nichts …“

„Sie schielt, und sie hat Sommersprossen“, sagte Kaspian.

„Oh, das arme Mädchen“, meinte Lucy.

„Wir segelten von Galma“, fuhr Drinian fort, „und gerieten in eine Flaute, die gut zwei Tage lang anhielt, und mußten rudern. Dann kam wieder Wind auf, und wir erreichten Terebinthia erst am vierten Tag nach unserer Abfahrt aus Galma. Und dort sandte der König eine Warnung an uns aus, nicht an Land zu gehen, weil in Terebinthia eine Seuche ausgebrochen war, doch wir umsegelten das Kap und ankerten in einer kleinen Bucht weit von der Stadt und faßten Wasser. Dann mußten wir drei Tage lang abwarten, bis ein südöstlicher Wind aufkam und wir auf die Sieben Inseln zuhalten konnten. Am dritten Tag passierte uns ein Piratenschiff (von Terebinthia, aus der Flagge zu schließen), aber als man sah, daß wir gut bewaffnet waren – und nach einem kurzen Pfeilwechsel –, hielt es Abstand …“

„Wir hätten das Schiff verfolgen, es entern und die Halunken aufhängen sollen“, sagte Riepischiep.

„… und nach weiteren fünf Tagen sichteten wir Muil, die westlichste der Sieben Inseln, wie ihr wißt. Dann ruderten wir durch die Meerengen und erreichten bei Sonnenuntergang Rothafen auf der Insel Brenn, wo wir stürmisch gefeiert wurden und Lebensmittel und Wasser bekamen, soviel wir wollten. Wir verließen Rothafen vor sechs Tagen und sind phantastisch vorwärts gekommen. Ich hoffe, daß wir die Einsamen Inseln übermorgen sichten werden. Alles in allem sind wir jetzt fast dreißig Tage auf See und sind seit Narnia mehr als vierhundert Meilen gesegelt.“

„Und hinter den Einsamen Inseln?“ fragte Lucy.

„Das weiß keiner, Eure Majestät“, antwortete Drinian. „Außer wenn es uns die Bewohner der Einsamen Inseln sagen können.“

„Damals in unseren Tagen konnten sie das nicht“, sagte Edmund.

„Dann beginnt unser eigentliches Abenteuer also hinter den Einsamen Inseln“, sagte Riepischiep.

Kaspian schlug vor, sie vor dem Essen durchs Schiff zu führen, aber Lucy hatte Gewissensbisse und sagte: „Ich glaube, ich muß nach Eustachius schauen. Es ist schrecklich, seekrank zu sein. Wenn ich mein Heilmittel dabei hätte, könnte ich ihm helfen.“

„Es ist hier“, sagte Kaspian. „Das habe ich ganz vergessen. Als du es zurückgelassen hast, kam mir der Gedanke, es könne zu den königlichen Schätzen gehören, und deshalb habe ich es mitgebracht – wenn du meinst, man solle es für eine Sache wie die Seekrankheit verschwenden.“

„Ein Tropfen genügt“, sagte Lucy. Kaspian öffnete eine der Truhen unter der Bank und holte die wunderschöne kleine Diamantflasche hervor, an die Lucy sich so gut erinnerte. „Nimm dein Eigentum wieder an dich, Königin“, sagte er. Dann verließen sie die Kajüte und traten hinaus in den Sonnenschein.

Im Deck waren zwei große, lange Luken eingelassen, eine vor und eine hinter dem Mast. Beide standen offen – wie immer bei gutem Wetter –, um Licht und Luft in den Bauch des Schiffes zu lassen. Kaspian führte sie durch die hintere Luke und eine Treppe hinunter. Hier fanden sie sich in einem Raum, wo Ruderbänke von der einen Seite zur anderen führten. Durch die Öffnungen für die Ruder fiel Licht herein und tanzte an der Decke. Natürlich war Kaspians Schiff keine von diesen schrecklichen Galeeren, die von Sklaven gerudert wurden. Die Ruder wurden nur benutzt, wenn es windstill war oder um in einen Hafen hinein- oder herauszufahren, und alle (außer Riepischiep, dessen Beine zu kurz waren) hatten schon oft an den Rudern Dienst getan. An den beiden Seitenwänden war unter den Bänken Platz für die Füße der Ruderer, aber in der Mitte des Raumes verlief über die ganze Länge eine Art Mulde, die bis zum Kiel hinunterreichte und die mit den unterschiedlichsten Dingen angefüllt war – mit Mehlsäcken, Wasserfässern, Bierfässern, mit Tonnen von Schweinefleisch, Honigtöpfen und Lederflaschen voller Wein, mit Äpfeln, Nüssen, Käse, Keksen, Rüben und mit Speckseiten. Von der Decke – das heißt von der Unterseite des Decks – hingen Schinken und auf Schnüren aufgezogene Zwiebeln sowie die wachfreien Männer in ihren Hängematten. Kaspian führte die kleine Gruppe nach hinten. Er machte jeweils einen Schritt von Bank zu Bank – zumindest war es für ihn ein Schritt: für Lucy war es ein Zwischending zwischen einem Schritt und einem Satz, und für Riepischiep war es ein sehr großer Satz. Auf diese Art kamen sie zu einer Zwischenwand mit einer Tür. Kaspian öffnete sie und führte seine Freunde in eine Kajüte, die im Achterschiff unter den Heckkajüten lag. Diese Kajüte war natürlich nicht so hübsch. Sie war sehr niedrig, und die Seitenwände liefen nach unten immer weiter zusammen, so daß es fast keinen Fußboden gab. Und obwohl hier Fenster aus dickem Glas eingelassen waren, konnte man sie doch nicht öffnen, weil sie unter Wasser lagen. Tatsächlich waren sie in diesem Augenblick durch das Schwanken des Schiffes abwechselnd golden vom Sonnenlicht und dämmrig grün vom Wasser.

„Edmund, du mußt mit mir zusammen hier schlafen“, sagte Kaspian. „Wir überlassen die Koje deinem Verwandten und hängen für uns Hängematten auf.“

„Ich ersuche Eure Majestät ...“, begann Drinian.

„Nein, nein, mein Freund“, sagte Kaspian. „Das haben wir schon besprochen. Ihr und Rhince (Rhince war der Maat), ihr segelt das Schiff, und ihr werdet viele Nächte lang Sorgen und Mühen auf euch nehmen müssen, während wir Lieder singen und Geschichten erzählen, deshalb müßt ihr beiden in der Backbordkajüte schlafen. König Edmund und ich werden es hier unten sehr gemütlich haben. Aber wie geht es dem Fremden?"

Eustachius, der sehr grün um die Nase war, machte ein finsteres Gesicht und wollte wissen, ob der Sturm nachließe. Doch Kaspian fragte: „Welcher Sturm?" und Drinian begann zu lachen.

„Sturm, junger Herr?" rief er. „Das Wetter ist so schön, wie man es sich nur wünschen kann."

„Wer ist das?" fragte Eustachius ärgerlich. „Schickt ihn weg! Seine Stimme tut mir in den Ohren weh."

„Ich habe dir etwas gebracht, was dir helfen wird", sagte Lucy.

„Ach, geht weg, und laßt mich allein!" murrte Eustachius. Aber er nahm einen Tropfen aus ihrer Flasche, und obwohl er sagte, es sei ein abscheuliches Zeug (in der Kajüte verbreitete sich ein köstlicher Duft, als Lucy die Flasche öffnete), steht fest, daß sein Gesicht ein paar Sekunden später seine normale Farbe annahm. Und er mußte sich auch besser fühlen, denn anstatt über den Sturm und über seinen Kopf zu jammern, verlangte er, an Land gebracht zu werden, und sagte, er werde im ersten Hafen beim britischen Konsul gegen sie alle eine „Disposition" einreichen. Aber als Riepischiep fragte, was eine Disposition sei und wie man sie einreiche (Riepischiep dachte, es wäre eine neue Art, einen Zweikampf auszutragen), konnte Eustachius nur antworten: „Das weiß doch jeder!" Schließlich gelang es ihnen, Eustachius zu überzeugen, daß sie schon so schnell wie möglich auf das nächste ihnen bekannte Land zusegelten und daß es genausowenig in ihrer Macht lag, ihn nach Cambridge zurückzubringen – dort lebte nämlich Onkel Harold –, wie ihn zum Mond zu schicken. Daraufhin willigte er mürrisch ein, die frischen Kleider anzuziehen, die man für ihn bereitgelegt hatte, und an Deck zu kommen.

Jetzt zeigte ihnen Kaspian das Schiff, obwohl sie das meiste ja schon gesehen hatten. Sie stiegen auf das Vorderdeck und sahen den Wachtposten, der auf einem kleinen Absatz im Hals des vergoldeten Drachen stand und durch dessen offenes Maul Ausschau hielt. Im Vorderdeck waren die Kombüse (oder Schiffsküche) und die Quartiere für Leute wie den Bootsmann, den Zimmermann, den Koch und den Obersten Bogenschützen. Wenn es euch komisch vorkommt, daß die Kombüse im Bug war, und ihr meint, daß der Rauch dann über das Schiff hinwegzog, so geht ihr von einem Dampfer aus, auf dem immer Gegenwind herrscht. Auf einem Segelschiff kommt der Wind von hinten, und all das, was übel riecht, wird so weit wie möglich nach vorn gelegt.

Dann wurden sie nach oben zur Kampfplattform geführt. Zuerst war es sehr beängstigend, dort hin und her zu schwanken und auf das weit darunterliegende und sehr kleine Deck hinunterzuschauen. Allen war klar, daß man im Fall eines Sturzes nicht unbedingt auf das Deck, sondern viel eher ins Wasser fallen würde. Anschließend wurden sie zum Achterdeck geleitet, wo Rhince mit einem anderen Mann zusammen an der großen Ruderpinne seinen Dienst versah. Dahinter erhob sich der vergoldete Schwanz des Drachens, in dem eine kleine Bank entlangführte. Das Schiff hieß *Morgenröte.* Es war winzig, verglichen mit einem von unseren Schiffen oder den Koggen, den Schnellseglern, den Handelsschiffen und den Galeonen, die Narnia besessen hatte, als Lucy und Edmund dort unter König Peter dem Prächtigen geherrscht hatten. Denn unter der Herrschaft von Kaspians Vorfahren war die Schifffahrt fast vollkommen erlahmt. Als sein Onkel, Miraz der Usurpator, die sieben Lords zur See geschickt hatte, mußten sie ein galmanisches Schiff kaufen und es mit bezahlten galmanischen Matrosen bemannen. Aber inzwischen hatte Kaspian begonnen, die Narnianen wieder mit der Seefahrt vertraut zu machen, und die *Morgenröte* war das schönste Schiff, das er bis jetzt hatte bauen lassen. Es war so klein, daß vor dem Mast zwischen der mittleren Luke und dem Boot auf der einen Seite und dem Hühnerstall auf der anderen (Lucy fütterte die Hühner) kaum Platz war. Aber die *Morgenröte* war unter ihresgleichen eine Schönheit, eine „richtige Dame", wie die Matrosen sagten. Ihre Linien waren vollkommen, ihre Farben rein, und jeder Sparren, jedes Tau und jeder Bolzen war liebevoll angefertigt worden. Eustachius war natürlich mit nichts zufrieden und gab dauernd mit Passagierdampfern, Motorbooten, Flugzeugen und Unterseebooten an („Als ob er etwas davon verstünde", brummte Edmund), aber die anderen beiden waren von der *Morgenröte* begeistert. Und als sie dann nach hinten zum Essen gingen und sahen, daß im Westen der Himmel von einem tiefroten Sonnenuntergang erleuchtet wurde, und als sie das Beben des Schiffes spürten und das Salz auf den Lippen fühlten und an die unbekannten Länder am östlichen Rand der Welt dachten, da hatte Lucy das Gefühl, sie sei zu glücklich, um etwas zu sagen.

Was Eustachius dachte, soll am besten in seinen eigenen Worten erzählt werden, denn als sie alle am nächsten Morgen ihre Kleider getrocknet zurückbekamen, holte er ein kleines schwarzes Notizbuch hervor und begann, Tagebuch zu führen. Dieses Notizbuch hatte er immer bei sich und schrieb sich seine Zensuren auf, denn obwohl ihn keines der Schulfächer von der Sache her interessierte, so interessierte er sich doch sehr für seine Zensuren. Er pflegte sogar zu den anderen Kindern hinzugehen und zu sagen: „Ich habe diese oder jene Zensur bekommen. Und was hast du?" Aber da es nicht so aussah, als würde er auf der *Morgenröte* viele Zensuren erhalten, fing er jetzt an, Tagebuch zu führen. Dies war die erste Eintragung.

„*7. August.* Wenn ich nicht träume, dann bin ich jetzt seit 24 Stunden auf diesem entsetzlichen Boot. Ununterbrochen wütet ein schrecklicher Sturm (glücklicherweise bin ich nicht seekrank). Riesige Wellen schlagen von vorne über das Schiff, und ich habe gesehen, daß es unzählige Male fast untergegangen wäre. Alle anderen tun so, als merkten sie nichts. Entweder wollen sie angeben, oder vielleicht ist es so, wie Harold sagt, daß nämlich die größte Feigheit der normalen Leute darin besteht, daß sie die Augen vor den Tatsachen verschließen. Es ist Wahnsinn, in so einem miesen kleinen Ding wie dem hier aufs Meer hinauszufahren. Es ist kaum größer als ein Rettungsboot. Und natürlich ist es von der Ausstattung her äußerst primitiv. Es gibt keinen ordentlichen Salon, kein Radio, kein Bad, und an Deck sind keine Liegestühle. Gestern abend wurde ich durch das ganze Schiff geschleppt, und davon, wie Kaspian mit seinem komischen kleinen Spielzeugboot angibt, als wäre es die *Queen Mary*, könnte es einem geradezu schlecht werden. Ich versuchte, ihm zu erklären, wie ein richtiges Schiff aussieht, aber er ist zu beschränkt. E. und L. haben mich natürlich nicht unterstützt. Ich nehme an, ein Kind wie L. ist sich der Gefahr nicht bewußt, und E. will diesem K. schöntun, wie alle anderen hier. Sie nennen ihn König. Ich habe ihm gesagt, ich sei Republikaner, aber er hat natürlich gefragt, was das sei. Er scheint überhaupt nichts zu wissen. Selbstverständlich hat man mich in die schlimmste Kajüte auf dem ganzen Schiff gesteckt. Es ist ein richtiger Kerker, und Lucy hat allein ein ganzes Zimmer im Oberdeck erhalten – recht hübsch, verglichen mit dem Rest hier. K. sagt, das sei deshalb, weil sie ein Mädchen ist. Ich habe versucht, ihm zu erklären, was Alberta sagt, daß nämlich all diese Sachen die Mädchen nur herabsetzen. Aber er ist zu beschränkt. Immerhin könnte er begreifen, daß ich krank werde, wenn ich noch länger in diesem Loch bleiben muß. E. sagt, wir dürften uns nicht beklagen, weil K. selbst auch hier wohnt, um Platz zu machen für L. Als ob es dadurch nicht noch enger und noch schlimmer würde! Habe fast vergessen, daß es hier noch so eine Art Mäuseding gibt, das zu allen schrecklich frech ist. Die anderen können sich das ja gefallen lassen, wenn sie Lust haben, aber ich werde es demnächst am Schwanz ziehen, wenn es das mit mir versucht. Das Essen ist auch miserabel."

Die Probleme zwischen Eustachius und Riepischiep tauchten schneller als erwartet auf. Vor dem Essen am nächsten Tag, als die anderen um den Tisch herumsaßen und warteten (auf See hat man einen phantastischen Appetit), kam Eustachius händeringend hereingestürzt und rief:

„Dieses kleine Ungeheuer hat mich fast umgebracht! Ich bestehe darauf, daß es im Zaum gehalten wird! Ich könnte euch verklagen! Ich könnte euch befehlen, es beseitigen zu lassen!"

Im gleichen Augenblick erschien Riepischiep. Er hatte das Schwert gezogen, und sein Schnurrbart sah sehr wild aus, aber er war so höflich wie immer.

„Ich bitte alle Anwesenden um Verzeihung", sagte er. „Und besonders Eure Majestäten. Wenn ich gewußt hätte, daß er sich hierher flüchten würde, hätte ich einen besseren Zeitpunkt für seine Bestrafung abgewartet."

„Was in aller Welt ist denn los?" fragte Edmund.

Was war geschehen? Riepischiep, dem das Schiff nie schnell genug vorwärts kam, liebte es, ganz vorne am Bug neben dem Kopf des Drachen zu sitzen, den Horizont im Osten zu betrachten und mit seiner kleinen piepsenden Stimme das Lied zu singen, das die Dryade für ihn gemacht hatte. Er hielt sich nie irgendwo fest, sosehr das Schiff auch schwanken mochte, und er hielt ohne jegliche Anstrengung das Gleichgewicht. Vielleicht half ihm sein langer Schwanz dabei, der innen an der Bordwand entlang auf das Deck herunterhing. Jeder an Bord kannte diese Gewohnheit Riepischieps, und die Matrosen waren froh darüber, weil sie dadurch jemand hatten, mit dem sie reden konnten, wenn sie Wache hielten. Den genauen Grund dafür, warum Eustachius die ganze Strecke bis nach vorne zum Vorderdeck schlitterte, taumelte und stolperte (er hatte noch keine Seemannsbeine), habe ich nie erfahren. Vielleicht hoffte er, Land zu sehen, oder vielleicht wollte er sich in der Kombüse herumdrücken und etwas stibitzen.

Auf jeden Fall, als er den langen Schwanz herunterhängen sah – und vielleicht war dies ja auch sehr verlockend –, dachte er, es wäre gar keine schlechte Idee, den Schwanz zu packen, Riepischiep ein- oder zweimal mit dem Kopf nach unten im Kreis herumzuschleudern und dann wegzulaufen und zu lachen.

Zuerst schien der Plan phantastisch zu funktionieren. Riepischiep war nicht viel schwerer als eine sehr große Katze. Schon Sekunden später flog er durch die Luft, und er sah sehr komisch aus (zumindest war Eustachius dieser Ansicht). Er streckte alle viere von sich, und sein Mund stand offen. Aber unglücklicherweise verlor Riepischiep, der schon oft um sein Leben gekämpft hatte, keine Sekunde lang den Kopf. Und auch nicht seine Geschicklichkeit. Es ist nicht einfach, das Schwert zu ziehen, wenn man am Schwanz durch die Luft gewirbelt wird, aber er tat es. Gleich darauf spürte Eustachius zwei schmerzhafte Stiche in der Hand und ließ den Schwanz los. Und dann sprang die Maus auf die Beine wie ein vom Deck abgeprallter Ball, stand ihm gegenüber, und ein schrecklich langes, funkelndes scharfes Ding, das aussah wie ein Fleischspieß, wurde zwei Zentimeter vor seinem Bauch hin und her geschwenkt. (Für die Mäuse in Narnia zählt das nicht als „unter der Gürtellinie", denn man kann kaum von ihnen erwarten, höher zu reichen.)

„Hör auf!" stotterte Eustachius. „Geh weg! Nimm das Ding weg! Es ist gefährlich! Hör endlich auf, sage ich! Ich erzähle es Kaspian! Ich lasse dich fesseln und dir einen Maulkorb anlegen!"

„Warum ziehst du nicht dein Schwert, Feigling?" piepste die Maus. „Zieh es und kämpfe, oder ich prügle dich mit der Breitseite meines Schwertes grün und blau!"

„Ich habe kein Schwert", sagte Eustachius. „Ich bin Pazifist. Ich halte nichts vom Kämpfen."

„Soll das heißen", sagte Riepischiep mit strenger Stimme und nahm sein Schwert einen Augenblick lang zurück, „daß du nicht vorhast, mir Genugtuung zu geben?"

„Ich weiß nicht, was du willst", sagte Eustachius und hielt sich die Hand.

„Wenn du keinen Spaß verstehst, dann kann ich auch nichts dafür!"

„Dann nimm das!" sagte Riepischiep. „Und das – das wird dir Manieren beibringen – und den Respekt, der einem Ritter gebührt – und einer Maus – und einem Mäuseschwanz –", und bei jedem Wort versetzte er Eustachius einen Schlag mit der Breitseite seines Schwertes, das aus dünnem, feinem und von den Zwergen gehärtetem Stahl bestand und so biegsam und wirkungsvoll war wie eine Rute aus Birkenholz. Eustachius war (natürlich) in einer Schule, wo es keine körperliche Züchtigung gab, und so war diese Erfahrung für ihn recht neu. Deshalb – und obwohl er den Seemannsgang noch nicht beherrschte – brauchte er weniger als eine Minute, um vom Vorderdeck herunterzurennen, das ganze Deck zu überqueren und in die Kajüte zu stürzen – immer noch heiß verfolgt von Riepischiep. Tatsächlich schien es Eustachius, als wäre nicht nur die Verfolgung heiß, sondern auch das Schwert. Daraus zu schließen, wie es sich anfühlte, war es sogar glühend heiß.

Als Eustachius erst einmal begriffen hatte, daß alle die Idee von einem Duell durchaus ernst nahmen, und als er hörte, daß Kaspian das Angebot machte, ihm ein Schwert zu leihen, und Drinian und Edmund darüber diskutierten, ob man ihm zum Ausgleich dafür, daß er soviel größer war als Riepischiep, ein Handikap auferlegen solle, war es nicht mehr allzu schwierig, die Angelegenheit zu bereinigen. Eustachius entschuldigte sich mißmutig und ging mit Lucy weg, um sich die Hand verbinden zu lassen. Dann kroch er in seine Koje. Dort legte er sich vorsichtig auf die Seite.

DIE EINSAMEN INSELN

„Land in Sicht!" rief der Mann im Bug.

Lucy, die sich auf dem Achterdeck mit Rhince unterhalten hatte, kam die Treppe heruntergestürzt und rannte nach vorne. Unterwegs stieß Edmund zu ihr. Kaspian, Drinian und Riepischiep waren schon auf dem Vorderdeck versammelt. Es war ein kühler Morgen, der Himmel war fahl und das Meer tiefblau, durchsetzt von kleinen weißen Schaumkronen. Und dort, ein Stück vor dem Bug in Richtung Steuerbord, lag die nächstliegende der Einsamen Inseln, Felimath, mit einem niedrigen, grünen, ins Meer hinausragenden Berg. Dahinter, ein wenig weiter weg, sah man die grauen Hänge der Schwesterinsel Doorn.

„Das gute alte Felimath! Das gute alte Doorn!" rief Lucy und klatschte in die Hände. „Oh – Edmund, wie lange ist es her, seit wir dies alles das letzte Mal gesehen haben!"

„Ich habe nie verstanden, warum diese Inseln zu Narnia gehören", sagte Kaspian. „Hat Peter der Prächtige sie erobert?"

„O nein", erwiderte Edmund. „Sie gehörten schon vor unserer Zeit – zur Zeit der Weißen Hexe – zu Narnia."

(Übrigens habe ich nie erfahren, wie diese entlegenen Inseln der Krone von Narnia angeschlossen wurden; falls ich es jemals erfahre und wenn die Geschichte ein wenig interessant ist, dann schreibe ich vielleicht noch ein Buch darüber.)

„Werden wir hier anlegen, Herr?“ fragte Drinian.

„Ich glaube nicht, daß es viel einbringt, auf Felimath anzulegen“, sagte Edmund. „In unseren Tagen war es fast unbewohnt, und es sieht so aus, als hätte sich das nicht geändert. Die meisten Leute lebten auf Doorn und ein paar auf Avra – das ist die dritte Insel, aber man kann sie noch nicht sehen. Auf Felimath werden nur Schafe gehalten.“

„Dann sollten wir vermutlich dieses Kap umschiffen und auf Doorn landen“, sagte Drinian. „Das bedeutet, daß wir rudern müssen.“

„Schade, daß wir nicht auf Felimath an Land gehen können“, sagte Lucy. „Dort hätte ich gerne einen Spaziergang gemacht. Es war so einsam – eine hübsche Art der Einsamkeit, und überall war Gras und Klee und laue Meeresluft.“

„Ich hätte mir auch gerne die Beine vertreten“, sagte Kaspian. „Ich mache euch einen Vorschlag. Wir könnten doch im Boot an Land rudern, es zurückschicken und zu Fuß Felimath überqueren. Die *Morgenröte* könnte uns dann auf der anderen Seite wieder an Bord nehmen.“

Wenn Kaspian zu diesem Zeitpunkt schon soviel Erfahrung gehabt hätte wie später auf der Reise, dann hätte er diesen Vorschlag nicht gemacht; doch im Moment schien es eine ausgezeichnete Idee zu sein. „O ja, laßt uns das tun!“ rief Lucy.

„Du kommst doch auch mit?“ fragte Kaspian, zu Eustachius gewandt, der mit verbundener Hand an Deck gekommen war.

„Mir ist alles recht, wenn ich nur von diesem verdammten Boot herunterkomme!“ antwortete Eustachius.

„Verdammtes Boot?“ fragte Drinian. „Wie meinst du das?“

„In einem zivilisierten Land wie dem, wo ich herkomme“, sagte Eustachius, „sind die Schiffe so groß, daß man im Innern des Schiffes überhaupt nicht merkt, daß man auf dem Meer ist.“

„Dann kann man ja genausogut gleich an Land bleiben“, antwortete Kaspian. „Gebt Befehl, das Boot auszusetzen, Drinian!“

Der König, die Maus, die beiden Geschwister und Eustachius stiegen ins Boot und wurden zur Küste von Felimath gerudert. Als das Boot sie dort zurückließ und wieder ablegte, wandten sie sich alle um und blickten zurück. Sie waren überrascht, wie klein die *Morgenröte* aussah.

Lucy war natürlich barfuß, weil sie beim Schwimmen die Schuhe abgestreift hatte, aber das ist nicht so schlimm, wenn man auf weichem Rasen läuft. Es war herrlich, wieder an Land zu sein und die Erde und das Gras zu riechen, selbst wenn anfangs der Boden wie ein Schiff auf und ab zu schwanken schien, wie er das normalerweise ein Weilchen tut, wenn man vorher auf See war. Hier war es viel wärmer als an Bord, und Lucy gefiel es, den Sand zwischen den Zehen zu spüren. Irgendwo sang eine Lerche.

Sie wandten sich der Inselmitte zu und kletterten einen steilen, doch ziemlich niedrigen Hügel hinauf. Oben angelangt, schauten sie zurück. Unter ihnen fuhr die *Morgenröte.* Sie schillerte wie ein großes Insekt und kroch, von den Rudern bewegt, langsam Richtung Nordwesten. Dann überquerten die Kinder die Kuppe, und die *Morgenröte* war nicht mehr zu sehen.

Jetzt lag Doorn vor ihnen. Von Felimath war es nur durch einen etwa eine Meile breiten Kanal getrennt; dahinter lag zur Linken Avra. Der kleine, weiße Ort Enghafen auf Doorn kam in Sicht.

„Hoppla! Was ist denn das?“ sagte Edmund plötzlich.

In dem grünen Tal, zu dem sie gerade hinunterstiegen, saßen unter einem Baum sechs oder sieben wild aussehende und bewaffnete Männer.

„Sagt ihnen nicht, wer wir sind!“ befahl Kaspian.

„Und warum nicht, Eure Majestät?“ fragte Riepischiep, der eingewilligt hatte, auf Lucys Schultern zu reiten.

„Mir kam gerade der Gedanke“, entgegnete Kaspian, „daß man hier vermutlich lange Zeit nichts von Narnia gehört hat. Es wäre möglich, daß sie unsere Oberherrschaft nicht mehr anerkennen. Und in diesem Fall könnte es gefährlich werden, als ihr König aufzutreten.“

„Wir haben unsere Schwerter, Herr“, wandte Riepischiep ein.

„Ja, Riep, das weiß ich“, sagte Kaspian. „Aber wenn wir die drei Inseln zurückerobern müssen, dann würde ich lieber mit einer etwas größeren Streitkraft wiederkommen.“

Inzwischen hatten sie sich den Fremden genähert. Einer von ihnen – ein kräftiger, schwarzhaariger Kerl – rief ihnen zu: „Seid gegrüßt!“

„Seid ebenfalls gegrüßt“, sagte Kaspian. „Gibt es auf den Einsamen Inseln noch immer einen Gouverneur?“

„Sicherlich“, antwortete der Mann. „Gouverneur Gumpas. Seine Hinlänglichkeit residiert in Enghafen. Aber bleibt ein Weilchen, und trinkt ein Glas mit uns.“

Kaspian dankte ihm, obwohl ihm und den anderen diese Gesellen nicht sehr gefielen. Sie setzten sich. Aber kaum hatten sie ihren Becher zu den Lippen gehoben, als der schwarzhaarige Mann seinen Begleitern zunickte, und in Sekundenschnelle fanden sich die fünf Gefährten von festen Armen umschlossen. Sie versuchten, sich zur Wehr zu setzen, aber die anderen waren ihnen überlegen, und schon bald waren sie alle entwaffnet und ihre Hände auf dem Rücken gefesselt – nur die Riepischieps nicht, der sich in den Armen seines Überwältigers wand und wütend Bisse austeilte.

„Sei vorsichtig mit dem Biest, Tacks“, sagte der Anführer. „Du darfst es nicht verletzen. Ich würde mich nicht wundern, wenn es von allen den besten Preis erzielte.“

„Feigling! Memme!“ quiekte Riepischiep. „Gib mir mein Schwert, und laß mich los, wenn du es wagst!“

„Oh!“ rief der Sklavenhändler (denn das war sein Gewerbe) und stieß einen Pfiff aus. „Es kann reden! Meine Güte! So etwas! Ich will verdammt sein, wenn ich ihn unter zweihundert Kreszent verkaufe!“ Der kalormenische Kreszent, die am häufigsten benutzte Münze in dieser Gegend, ist etwa ein Drittel von einem englischen Pfund wert.

„So, das seid ihr also“, sagte Kaspian. „Entführer und Sklavenhändler. Hoffentlich seid ihr stolz darauf!“

„Werdet bloß nicht frech“, sagte der Sklavenhändler. „Je eher ihr euch fügt, desto besser für alle Beteiligten. Ich mache das nicht zum Spaß. Ich muß meinen Lebensunterhalt verdienen, wie jeder andere auch.“

„Wohin bringt ihr uns?“ fragte Lucy, die vor Angst kaum reden konnte.

„Hinüber nach Enghafen“, entgegnete der Sklavenhändler. „Zum Markttag morgen.“

„Gibt es dort einen britischen Konsul?“ fragte Eustachius.

„Gibt es dort was?“ fragte der Mann.

Aber lange bevor Eustachius mit seiner Erklärung fertig war, sagte der Mann einfach: „Also ich habe genug von diesem Geschwafel. Die Maus ist ja schon schlimm genug, aber der da redet einem ein Loch in den Bauch. Los geht's, Kameraden!“

Dann wurden die vier menschlichen Gefangenen aneinandergefesselt – nicht grausam, aber doch so, daß es kein Entrinnen gab. Riepischiep wurde getragen. Nachdem man ihm angedroht hatte, man würde ihm den Mund zubinden, hatte er aufgehört zu beißen, aber er hatte noch eine Menge zu sagen. Lucy fragte sich, wie ein Mann es ertragen konnte, sich all die Dinge anzuhören, die die Maus zu dem Sklavenhändler sagte. Aber dieser machte keinerlei Einwände, sondern sagte jedesmal, wenn Riepischiep anhielt, um Atem holen: „Mach weiter!“ Manchmal fügte er hinzu: „Das ist wie im Theater“ oder „So was, man könnte fast meinen, das Vieh wüßte, was es da sagt!“ oder „Habt ihr ihm das beigebracht?“ Das machte Riepischiep so wütend, daß er an all den Dingen, die er sagen wollte, fast erstickte. So schwieg er schließlich.

Als sie zu der Küste hinunterkamen, von wo man nach Doorn hinübersehen konnte, fanden sie dort ein kleines Dorf vor. Am Strand lag eine Barkasse und etwas weiter draußen ein schmutziges, ungepflegtes Schiff.

„So, meine Kinder“, sagte der Sklavenhändler. „Verhaltet euch ruhig, dann habt ihr nichts zu befürchten. Alle an Bord!“

In diesem Augenblick trat ein edel aussehender, bärtiger Mann aus einem Haus (einem Gasthaus, glaube ich) und sagte:

„Wie ich sehe, Pug, hast du mal wieder eine neue Lieferung deiner üblichen Ware.“

Der Sklavenhändler, der offensichtlich Pug hieß, verbeugte sich tief und sagte mit schmeichlerischer Stimme: „Ja, sehr wohl, Eure Lordschaft.“

„Wieviel willst du für diesen Jungen?“ fragte der Mann und deutete auf Kaspian.

„Ah“, sagte Pug. „Ich wußte, daß Eure Lordschaft den Besten herauspicken würde. Eure Lordschaft begnügt sich nicht mit zweitklassiger Ware. Auf diesen Jungen hatte ich selbst ein Auge geworfen. Ich habe ihn schon fast liebgewonnen. Ich bin so weichherzig, daß ich diesen Beruf nie hätte ergreifen sollen. Doch einem Kunden wie Eurer Lordschaft …“

„Sag mir deinen Preis, Aasgeier!“ forderte der Lord streng. „Glaubst du, ich will mir dieses Geschwätz über deinen schmutzigen Handel anhören?“

„Dreihundert Kreszent, mein Lord, für Eure Ehrenwerte Lordschaft, aber für jeden anderen …“

„Ich gebe dir hundertfünfzig.“

„Oh, bitte, bitte!“ unterbrach Lucy. „Was immer Ihr tun mögt – Ihr dürft uns nicht trennen! Ihr wißt nicht …“ Aber dann hielt sie inne, denn sie sah, daß Kaspian selbst jetzt noch nicht wollte, daß man erfuhr, wer er war.

„Hundertfünfzig also“, sagte der Lord. „Was dich betrifft, mein Mädchen, so tut es mir leid, daß ich euch nicht alle kaufen kann. Nimm dem Jungen die Fesseln ab, Pug. Und behandle die anderen gut, während sie in deinen Händen sind, sonst bekommst du es mit mir zu tun!“

„Also so was!“ sagte Pug. „Wer hätte je von einem Herrn meines Berufsstandes gehört, der seine Ware besser behandelt hätte als ich? Nun? Ich behandle sie wie meine eigenen Kinder.“

„Das ist sehr wahrscheinlich“, sagte der andere Mann grimmig.

Jetzt war der schreckliche Moment gekommen. Kaspian wurde losgebunden, und sein neuer Herr sagte: „Hier entlang, mein Junge.“ Lucy brach in Tränen aus, und Edmund machte ein steinernes Gesicht. Aber Kaspian schaute über die Schulter zurück und sagte: „Kopf hoch. Ich bin sicher, daß alles gut werden wird. Bis bald!“

„Reg dich nur nicht so auf, Fräuleinchen, und verdirb dir nicht das Gesicht für den Markt morgen“, sagte Pug. „Sei ein braves Mädchen, dann gibt es nichts, worüber du heulen müßtest, verstehst du?“

Dann wurden sie zum Sklavenschiff hinausgerudert und nach unten in einen langen, ziemlich dunklen und nicht allzu sauberen Raum gebracht, wo sie viele andere unglückliche Gefangene vorfanden. Denn Pug war natürlich ein Pirat und war gerade von einer Kreuzfahrt zwischen den Inseln zurückgekommen, wo er eingefangen hatte, was zu kriegen war. Die Kinder trafen jedoch keinen, den sie kannten; die Gefangenen waren hauptsächlich Galmaner und Terebinthianer. Sie saßen im Stroh und überlegten, was wohl mit Kaspian geschehen würde, und sie versuchten, Eustachius zum Schweigen zu bringen, der so redete, als wären alle außer ihm für diese Sache verantwortlich.

Kaspian verbrachte inzwischen eine wesentlich interessantere Zeit. Der Mann, der ihn gekauft hatte, führte ihn einen kleinen Weg zwischen zwei Häusern des Dorfes hinab und zu einer freien Fläche hinter dem Dorf. Dann drehte er sich um und blickte Kaspian an.

„Du brauchst keine Angst vor mir zu haben, Junge“, sagte er. „Ich werde dich gut behandeln. Ich habe dich wegen deines Gesichts gekauft. Du erinnerst mich an jemand.“

„Darf ich fragen an wen?“ sagte Kaspian.

„Du erinnerst mich an meinen Herrscher, König Kaspian von Narnia.“ Kaspian entschloß sich, alles auf eine Karte zu setzen.

„Mein Lord“, sagte er. „Ich *bin* Euer Herrscher. Ich bin Kaspian, König von Narnia.“

„Du nimmst dir sehr viel heraus!“ sagte der andere. „Woher soll ich wissen, daß du die Wahrheit sprichst?“

„Zuerst einmal seht Ihr es an meinem Gesicht“, erwiderte Kaspian. „Zweitens werde ich sechsmal raten, wer Ihr seid. Ihr seid einer der sieben Lords von Narnia, die mein Onkel Miraz zur See geschickt hat und auf deren Suche ich bin – Lord Argoz, Lord Bern, Lord Octesian, Lord Restimar, Lord Mavramorn oder … oder … den letzten habe ich vergessen. Und schließlich – wenn mir Eure Lordschaft ein Schwert gibt – werde ich in einem sauberen Zweikampf beweisen, daß ich Kaspian, Sohn des Kaspian bin, rechtmäßiger König von Narnia, Herr von Feeneden und Kaiser der Einsamen Inseln.“

„Gütiger Himmel!“ rief der Mann aus. „Es ist die Stimme und die Redeweise seines Vaters. Mein Herr – Eure Majestät …" Und dann kniete er sich auf dem Feld nieder und küßte die Hand des Königs.

„Das Geld, das Eure Lordschaft für mich ausgegeben hat, wird Euch aus unseren Schätzen ersetzt werden", sagte Kaspian.

„Es ist noch nicht in Pugs Geldbörse", sagte Lord Bern, denn das war er. „Und dort wird es auch nicht hingelangen. Ich habe Seine Hinlänglichkeit, den Gouverneur, Hunderte Male ersucht, dieses schmutzige Geschäft mit Menschen zu verbieten."

„Mein Lord Bern", sagte Kaspian, „wir müssen uns über die Lage auf diesen Inseln unterhalten. Aber zuerst würde ich gerne *Eure* Geschichte hören."

„Sie ist recht kurz, mein Herr", sagte Bern. „Ich kam mit meinen sechs Begleitern hierher, verliebte mich in ein Mädchen von den Inseln und hatte das Gefühl, ich hätte vom Meer genug. Es gab auch keinen Grund, nach Narnia zurückzukehren, solange der Onkel Eurer Majestät an der Macht war. So habe ich geheiratet und habe seitdem hier gelebt."

„Und wie ist der Gouverneur, dieser Gumpas? Erkennt er den König von Narnia noch als seinen Herrscher an?"

„In Worten ja. Alles geschieht im Namen des Königs. Aber es wäre ihm gar nicht recht, wenn der König von Narnia in Fleisch und Blut vor ihm stünde. Und wenn Eure Majestät unbewaffnet zu ihm ginge – dann würde er seine Königstreue nicht abstreiten, sondern er würde so tun, als zweifle er an Eurer Glaubhaftigkeit. Das Leben Eurer Gnaden wäre in Gefahr. Welche Gefolgschaft habt Ihr in diesen Gewässern?"

„Dort hinter der Landzunge liegt mein Schiff", sagte Kaspian. „Wir bemannen dreißig Schwerter, wenn es zum Kampf kommt. Soll ich nicht mein Schiff hereinrufen, Pug überwältigen und meine gefangenen Freunde befreien lassen?"

„Das würde ich Euch nicht raten", sagte Bern. „Sobald es zum Kampf käme, würden zwei oder drei Schiffe von Enghafen auslaufen, um Pug zu helfen. Ihr müßt Euch durch die Demonstration einer Streitkraft, die größer aussieht, als sie tatsächlich ist, und durch die Macht des königlichen Namens durchsetzen. Es darf nicht zum offenen Kampf kommen. Gumpas ist ein Angsthase und ist leicht zu beeindrucken."

Sie unterhielten sich noch ein wenig und gingen dann westlich vom Dorf hinunter zu Küste. Dort blies Kaspian sein Horn. (Es war nicht das mächtige Zauberhorn von Narnia, Königin Suses Horn: das hatte Kaspian zu Hause gelassen für seinen Regenten Trumpkin, falls während der Abwesenheit des Königs das Land von großer Not befallen werden sollte.) Drinian, der mit Augen und Ohren nach einem Signal Ausschau hielt, erkannte das königliche Horn sofort, und die *Morgenröte* begann, sich der Küste zuzuwenden. Dann wurde das Boot wieder entsandt, und ein paar Augenblicke später gingen Kaspian und Lord Bern an Bord und schilderten Drinian die Lage. Wie Kaspian wollte auch er sofort mit der *Morgenröte* am Sklavenschiff anlegen und es entern, aber Bern wiederholte seine Einwände.

„Steuert direkt durch diesen Kanal, Kapitän", sagte Bern, „und dann hinüber nach Avra, wo meine Besitztümer liegen. Aber laßt zuerst die Flagge des Königs aufziehen, alle Schilde hinaushängen, und schickt so viele Männer wie nur möglich auf die Kampfplattform. Und etwa fünf Pfeilschüsse von hier, wenn Ihr mit dem Backbordbug das offene Meer erreicht habt, müßt Ihr ein paar Signale geben."

„Signale? An wen?" fragte Drinian.

„An all die anderen Schiffe, die wir nicht haben, aber von denen es gut wäre, wenn Gumpas dächte, wir hätten sie."

„Oh, ich verstehe", meinte Drinian und rieb sich die Hände. „Und die anderen werden unsere Signale entschlüsseln. Was sollen wir signalisieren? *Die ganze Flotte umrundet Avra im Süden und versammelt sich vor ...*"

„Bernhof", sagte Lord Bern. „Das wäre ausgezeichnet. Die ganze Fahrt – sofern es die Schiffe gäbe – verliefe außerhalb der Sichtweite von Enghafen."

Kaspian hatte Mitleid mit den anderen, die als Gefangene auf Pugs Schiff schmachteten, aber er konnte nicht umhin, den Rest des Tages zu genießen. Später am Nachmittag (denn sie mußten die ganze Strecke rudern), nachdem sie hinter dem nordöstlichen Zipfel von Doorn nach steuerbord gedreht hatten und dann hinter der Spitze von Avra wieder nach backbord, fuhren sie an der südlichen Küste von Avra, wo Berns schöne Ländereien sich bis zum Rand des Wassers hinabsenkten, in einen guten Hafen ein. Berns Leute, von denen sie viele auf den Feldern arbeiten sahen, waren alle freie Männer, es war ein glückliches und reiches Lehnsgut. Hier gingen sie alle an Land. In einem niedrigen, mit Säulen geschmückten Haus, das die Bucht überblickte, wurden sie königlich bewirtet. Bern, seine anmutige Frau und seine fröhlichen Töchter bereiteten ihnen eine muntere Zeit. Aber nach Einbruch der Dunkelheit sandte Bern einen Mann im Boot nach Doorn, der dort einige Vorbereitungen für den nächsten Tag treffen sollte. Genaueres wollte Bern darüber nicht verraten.

WAS KASPIAN DORT TAT

Am nächsten Morgen weckte Lord Bern seine Gäste schon früh. Nach dem Frühstück bat er Kaspian, er solle allen verfügbaren Männern befehlen, volle Rüstung anzulegen. „Und vor allem", fügte er hinzu, „muß alles so ordentlich und so sauber sein, als wäre dies der Morgen des ersten Kampfes in einem großen Krieg zwischen edlen Königen, bei dem die ganze Welt zusieht." Dies geschah. Dann machten sich Kaspian, seine Leute und Lord Bern mit ein paar von seinen Männern in drei Booten auf den Weg nach Enghafen. Die Flagge des Königs flatterte am Heck von Kaspians Boot, und der König wurde von seinem Trompeter begleitet.

Als sie in Enghafen an der Mole anlegten, wartete dort eine beträchtliche Menschenmenge, um sie zu empfangen. „Dies war meine Nachricht von gestern abend", sagte Bern. „Es sind alles Freunde von mir und ehrliche Leute." Als Kaspian an Land trat, begann die Menge zu jubeln und rief: „Narnia! Narnia! Lang lebe der König." Im gleichen Augenblick – und auch dafür war Berns Nachricht verantwortlich – begannen in vielen Teilen der Stadt die Glocken zu läuten. Dann befahl Kaspian, sein Banner vorauszutragen und seine Trompete zu blasen, und alle Männer zogen das Schwert, und auf ihrem Gesicht lag ein Ausdruck von freudiger Unnachgiebigkeit. Sie marschierten die Straße hinauf und brachten sie zum Erbeben, und ihre Rüstung gleißte so sehr (es war ein sonniger Morgen), daß man die Augen abwenden mußte.

Zuerst jubelten nur die Leute, die der Bote Lord Berns informiert hatte und die wußten, was da geschah, und die damit einverstanden waren. Doch dann gesellten sich alle Kinder dazu, die noch nicht zur Schule gingen, denn ihnen gefielen Umzüge, und sie hatten bisher nur wenige gesehen. Und dann gesellten sich alle Schulkinder dazu, denn ihnen gefielen Umzüge ebenfalls, und je mehr Lärm und Aufruhr es gab, desto geringer war die Wahrscheinlichkeit, daß sie an diesem Morgen zur Schule gehen mußten. Und dann streckten alle alten Frauen den Kopf zu den Türen und den Fenstern heraus und begannen zu klatschen und zu jubeln, weil es ein König war – und was ist schon ein Gouverneur, verglichen mit einem König? Und aus dem gleichen Grund fielen alle jungen Frauen mit ein und auch deshalb, weil Kaspian und Drinian und die anderen so gut aussahen. Und dann kamen alle jungen Männer, um zu sehen, was die jungen Frauen sich da wohl anschauten, und als Kaspian am Schloßtor angekommen war, jubelte fast die ganze Stadt; und Gumpas, der im Schloß saß und in seinen Abrechnungen, Formularen und Gesetzen herumwühlte und herumpfuschte, hörte den Lärm.

Am Schloßtor blies Kaspians Trompeter einen Tusch und rief: „Öffnet dem König von Narnia, der gekommen ist, seinen zuverlässigen und geschätzten Diener, den Gouverneur der Einsamen Inseln, zu besuchen.“ Zu dieser Zeit wurde auf den Inseln alles auf eine nachlässige und schlampige Art und Weise erledigt. Nur die kleine Seitentür wurde geöffnet, und heraus kam ein zerzauster Kerl, der statt eines Helms einen schmutzigen alten Hut aufhatte. In der Hand trug er einen rostigen alten Spieß. Er blinzelte, als er die funkelnden Gestalten vor sich sah. „Sanlänglichkeit snich – zprech –“, murmelte er (das war seine Art zu sagen: „Seine Hinlänglichkeit ist nicht zu sprechen"). „Keine Audienz ohne Voranmeldung, außer zwischen neun und zehn jeden zweiten Samstag des Monats."

„Zieh den Hut vor dem König von Narnia, du Hund!" donnerte Lord Bern und versetzte ihm einen Schlag mit seiner behandschuhten Hand, der den Hut des Mannes zu Boden beförderte.

„Eh? Was'n los?" begann der Torwächter, aber niemand schenkte ihm Beachtung. Zwei von Kaspians Männern traten durch die Seitentür und rissen nach einem kurzen Kampf mit Schlössern und Riegeln (denn alles war rostig) das Tor weit auf. Dann marschierte der König mit seinem Gefolge auf den Schloßhof. Dort standen einige Wachposten des Gouverneurs herum, und ein paar weitere (die sich gerade den Mund abwischten) kamen aus verschiedenen Türen gestolpert. Obwohl ihre Rüstungen in einem jämmerlichen Zustand waren, so waren doch sie es, die gekämpft hätten, wenn man ihnen das befohlen haben würde oder wenn sie gewußt hätten, was da los war. Deshalb war dies ein gefährlicher Moment. Kaspian gab ihnen keine Zeit zum Nachdenken.

„Wo ist der Hauptmann?" fragte er.

„Das bin mehr oder weniger ich, wenn Ihr wißt, was ich meine", sagte ein träger und geckenhafter junger Mann ohne Rüstung.

„Wir wünschen", sagte Kaspian, „daß unser königlicher Besuch im Reich der Einsamen Inseln für die Untertanen des Königs ein Anlaß zur Freude und nicht zur Angst sein soll. Wäre es anders, so hätte ich über den Zustand der Rüstungen und Waffen Eurer Männer einiges zu sagen. Doch so, wie es ist, gewähre ich Euch Vergebung. Gebt Befehl, ein Faß Wein zu öffnen, damit Eure Männer auf unsere Gesundheit trinken können. Aber morgen um Mittag sollen sie sich hier im Schloßhof versammeln, und ich wünsche, daß sie dann wie

Soldaten aussehen und nicht wie Vagabunden! Tragt dafür Sorge – oder es wird Euch sehr leid tun!"

Der Hauptmann stand mit offenem Mund da, doch Bern rief sofort: „Drei Hochrufe für den König!", und die Soldaten, die zumindest das mit dem Faß Wein verstanden hatten, auch wenn sie sonst nichts begriffen, fielen mit ein. Dann befahl Kaspian der Mehrzahl seiner Männer, im Schloßhof zu bleiben. Er selbst, Bern, Drinian und vier andere betraten das Schloß.

Hinter einem Tisch am anderen Ende des Saals, umgeben von mehreren Sekretären, saß seine Hinlänglichkeit, der Gouverneur der Einsamen Inseln. Gumpas war ein mißlaunig aussehender Mann. Sein Haar war einstens rot gewesen, doch jetzt war es fast vollkommen grau. Er blickte auf, als die Fremden hereinkamen, doch dann senkte er den Blick wieder auf seine Papiere und sagte automatisch: „Keine Audienz ohne Voranmeldung, außer zwischen neun und zehn Uhr jeden zweiten Samstag des Monats."

Kaspian nickte Bern zu und trat zur Seite. Bern und Drinian machten einen Schritt nach vorn, und jeder ergriff ein Ende des Tisches. Sie hoben ihn hoch und warfen ihn durch die Halle. Er kippte um, und ein wildes Durcheinander von Briefen, Dossiers, Tintenfässern, Federn, Siegelwachs und Dokumenten regnete zu Boden. Dann – nicht grob, aber so fest, als wären ihre Hände stählerne Zangen – hoben sie Gumpas aus seinem Stuhl und stellten ihn einen Meter vor dem Tisch ab. Kaspian setzte sich auf den Stuhl und legte sein blankes Schwert über die Knie.

„Mein Herr", sagte er und richtete den Blick auf Gumpas. „Ihr habt uns nicht den Empfang bereitet, den wir erwartet hätten. Ich bin der König von Narnia."

„Davon stand nichts in der Korrespondenz", sagte der Gouverneur. „Und nichts im Protokoll. Wir wurden über nichts Derartiges informiert. Völlig regelwidrig. Ich werde aber gerne jegliches Gesuch …“

„Und wir sind gekommen, um uns über die Amtsausübung Eurer Hinlänglichkeit zu informieren“, fuhr Kaspian fort. „Ich verlange vor allem in zwei Punkten eine Erklärung. Als erstes finde ich keinerlei Unterlagen darüber, daß in den letzten hundertfünfzig Jahren der Tribut, welcher der Krone von Narnia von diesen Inseln gebührt, bezahlt worden ist.“

„Das wäre ein Punkt, der nächsten Monat im Rat besprochen werden müßte“, erwidete Gumpas. „Wenn jemand beantragt, daß eine Untersuchungskommission gebildet wird, die bei der ersten Sitzung nächstes Jahr einen Bericht über die finanzielle Geschichte der Inseln abgibt, dann …“

„Es steht auch ganz eindeutig in unseren Gesetzen“, fuhr Kaspian fort, „daß die volle Schuld vom Gouverneur der Einsamen Inseln aus eigener Tasche beglichen werden muß, wenn dieser Tribut nicht bezahlt wird.“

Jetzt wurde Gumpas aufmerksam. „Oh, das ist völlig ausgeschlossen!“ sagte er. „Das ist eine finanzielle Unmöglichkeit – eh –, Eure Majestät muß scherzen!“

Im geheimen fragte er sich, ob es wohl eine Möglichkeit gab, diese unliebsamen Gäste loszuwerden. Hätte er gewußt, daß Kaspian nur über ein Schiff und eine Schiffsmannschaft verfügte, so hätte er ihn jetzt mit süßen Worten besänftigt, in der Hoffnung, seine Gäste während der Nacht überwältigen und töten lassen zu können. Aber er hatte tags zuvor ein Kriegsschiff durch die Meerenge segeln sehen, das Signale ausgesandt hatte, die, wie er vermutete, an dessen Geleitschiffe gerichtet waren. Zu diesem Zeitpunkt hatte er nicht gewußt, daß es das Schiff des Königs war, denn der Wind war zu schwach gewesen, um die Flagge aufzublähen und den goldenen Löwen sichtbar werden zu lassen, und deshalb hatte er die weitere Entwicklung abgewartet. Jetzt war er der Meinung,

Kaspian müsse eine ganze Flotte bei Bernhof liegen haben. Gumpas wäre nie der Gedanke gekommen, daß jemand Enghafen betreten könne, um die Insel mit weniger als fünfzig Mann einzunehmen. Auf jeden Fall war es ganz und gar nicht das, was er selbst in einem solchen Fall getan hätte.

„Zweitens", sagte Kaspian, „möchte ich wissen, warum Ihr diesen abscheulichen und widernatürlichen Sklavenhandel hier habt entstehen lassen, der im Widerspruch zu den alten Gebräuchen und Gepflogenheiten unserer Herrschaftsgebiete steht!"

„Notwendig, unvermeidlich", sagte seine Hinlänglichkeit. „Ein wesentlicher Bestandteil der wirtschaftlichen Entwicklung unserer Inseln – das versichere ich Euch. Unser gegenwärtiger finanzieller Aufschwung hängt davon ab."

„Wofür braucht Ihr Sklaven?"

„Für den Export, Eure Majestät. Wir verkaufen sie hauptsächlich nach Kalormen; und wir haben auch andere Märkte. Wir sind ein bedeutendes Handelszentrum."

„In anderen Worten", sagte Kaspian, „Ihr braucht sie also nicht. Sagt mir, welchem Zweck sie dienen, außer um die Taschen von Leuten wie Pug zu füllen?"

„Das jugendliche Alter Eurer Majestät", sagte Gumpas mit einem Lächeln, das väterlich sein sollte, „macht es Euch fast unmöglich, die damit verbundenen wirtschaftlichen Probleme zu begreifen. Ich habe Statistiken, ich habe Schaubilder, ich habe …"

„So jugendlich mein Alter auch sein mag", sagte Kaspian, „so glaube ich doch, daß ich den Sklavenhandel genausogut begreife, wie Eure Hinlänglichkeit dies tut. Und ich kann nichts davon sehen, daß er den Inseln Fleisch oder Brot oder Bier oder Wein oder Holz oder Kohl oder Bücher oder Musikinstrumente oder Pferde oder Waffen oder sonst irgend etwas Nützliches bringt. Aber wie dem auch sei – er muß aufhören!"

„Ich kann für derartige Maßnahmen keine Verantwortung übernehmen", sagte Gumpas.

„Gut", antwortete Kaspian. „Wir entledigen Euch hiermit Eures Amtes. Lord Bern, kommt hierher." Und bevor Gumpas richtig begriffen hatte, was da geschah, kniete Bern am Boden und legte einen Eid ab, die Einsamen Inseln unter Einhaltung der alten Gebräuche, Rechte, Gepflogenheiten und Gesetze Narnias zu regieren. Und Kaspian sagte: „Ich glaube, von Gouverneuren haben wir genug", und er machte Bern zum Herzog der Einsamen Inseln.

„Und was Euch betrifft, mein Herr", sagte er zu Gumpas, „so erlasse ich Euch die Schuld des Tributs. Aber vor morgen mittag zwölf Uhr müßt Ihr und die Euren dieses Schloß verlassen haben, das jetzt die Residenz des Herzogs ist."

„Schaut her – das ist ja alles schön und gut", sagte einer von Gumpas Sekretären. „Aber wie wäre es denn, wenn die Herren dieses Spiel jetzt aufgäben und zur Sache kämen? Die eigentliche Frage, die sich uns stellt, ist doch …"

„Die Frage ist", sagte der Herzog, „ob Ihr und das restliche Gesindel ohne Prügel oder mit Prügeln von hier verschwindet! Ihr könnt wählen, was Euch lieber ist!"

Als all dies zur Zufriedenheit geregelt war, orderte Kaspian Pferde, von denen es ein paar im Schloß gab, wenn sie auch sehr schlecht gepflegt waren. Dann ritt er mit Bern und Drinian und ein paar anderen hinaus in die Stadt und wandte sich dort zum Sklavenmarkt. Es war ein sehr langes, niedriges Gebäude nahe am Hafen. Drinnen lief alles so ab wie bei anderen Versteigerungen. Viele Leute waren da, und Pug, der auf einem Podest stand, schrie mit heiserer Stimme:

„Jetzt folgt Nummer dreiundzwanzig, meine Herren! Ein guter terebinthianischer Landarbeiter, verwendbar für Bergwerke oder Galeeren. Unter fünfundzwanzig. Keinen einzigen schlechten Zahn im Mund. Ein gutmütiger, muskulöser Kerl.

Nimm ihm das Hemd ab, Tacks, damit es die Herren sehen können! Das sind Muskeln! Schaut Euch seine Brust an! Zehn Kreszent von dem Herrn in der Ecke! Das soll wohl ein Witz sein, mein Herr? Fünfzehn! Achtzehn! Achtzehn sind geboten für Nummer dreiundzwanzig. Geht jemand höher? Einundzwanzig. Vielen Dank, mein Herr. Einundzwanzig sind geboten …"

Pug hielt mit offenem Mund inne, als er die gepanzerten Gestalten erblickte, die sich klirrend dem Podest näherten.

„Jeder Mann auf die Knie vor dem König von Narnia!" rief der Herzog. Alle hörten von draußen das Klirren von Pferdegeschirr und das Stampfen von Pferden, und viele hatten Gerüchte von der Landung und den Geschehnissen im Schloß gehört. Fast alle gehorchten. Diejenigen, die es nicht taten, wurden von ihren Nachbarn heruntergezogen. Ein paar jubelten.

„Du hast dein Leben verwirkt, Pug, weil du gestern Hand an die Person des Königs gelegt hast", sagte Kaspian. „Aber deine Unwissenheit sei dir verziehen. Vor einer Viertelstunde wurde der Sklavenhandel in all unseren Gebieten verboten. Ich erkläre hiermit alle Sklaven auf diesem Markt für frei."

Er hob die Hand, um dem Jubel der Sklaven Einhalt zu gebieten, und fuhr fort: „Wo sind meine Freunde?"

„Das liebe kleine Mädchen hier und der nette junge Herr?" sagte Pug mit liebenswürdigem Lächeln. „Sie wurden mir sofort aus der Hand gerissen …"

„Hier sind wir, hier sind wir, Kaspian", riefen Lucy und Edmund wie aus einem Mund, und „Zu Euren Diensten, mein König!" piepste Riepischiep aus einer anderen Ecke. Sie waren schon alle verkauft worden, aber die Männer, die sie erworben hatten, waren hiergeblieben, um weitere Sklaven zu ersteigern, und so waren sie noch nicht weggebracht worden. Die Menge teilte sich, um die drei durchzulassen, und dann folgte eine freudige Begrüßung. Sofort näherten sich zwei Händler aus Kalormen. Die Kalormenen haben dunkle Gesichter und lange Bärte. Sie tragen fließende Gewänder und orangefarbene Turbane, und sie sind ein weises, reiches, höfliches, grausames und altes Volk. Sie verbeugten sich sehr höflich vor Kaspian und machten ihm viele Komplimente. Sie sprachen von den Quellen des Reichtums, welche die Gärten der Vorsicht und der Tugend bewässern – und von ähnlichen Dingen –, aber natürlich wollten sie nur das Geld zurück, das sie bezahlt hatten.

„Das ist nur gerecht, meine Herren", sagte Kaspian. „Jeder, der heute einen Sklaven gekauft hat, wird sein Geld zurückerhalten. Pug, bring deine Einnahmen bis auf den letzten Minim!" (Ein Minim ist der vierzigste Teil von einem Kreszent.)

„Will mich Eure Majestät zum Bettler machen?" heulte Pug.

„Du hast dein ganzes Leben lang von gebrochenen Herzen gelebt", antwortete Kaspian. „Und wenn du tatsächlich zum Bettler wirst, so ist das immer noch besser, als ein Sklave zu sein. Aber wo ist mein anderer Freund?"

„Ach *der*?" sagte Pug. „Nehmt ihn nur, und werdet glücklich mit ihm. Ich bin froh, wenn ich ihn los bin. Mein ganzes Leben lang habe ich noch keinen derartigen Ladenhüter auf dem Markt gesehen. Ich habe ihn schließlich für fünf Kreszent feilgehalten, und trotzdem wollte ihn keiner haben. Dann habe ich ihn beim Kauf eines anderen Sklaven als Zugabe angeboten, und noch immer wollte ihn keiner nehmen. Niemand wollte ihn anfassen. Tacks, bring den Miesepeter her!"

Und so wurde Eustachius herbeigebracht. Er sah tatsächlich ausgesprochen miesepetrig aus, denn obwohl niemand als Sklave verkauft werden will, so ist es doch vielleicht noch schlimmer, als eine Art Gelegenheitssklave angeboten zu werden, den keiner haben will. Er ging zu Kaspian hin und sagte:

„Ich verstehe. Es ist wie immer. Ihr habt euch irgendwo vergnügt, während wir in der Gefangenschaft schmachten mußten. Ich nehme an, daß ihr euch nicht einmal nach dem britischen Konsul erkundigt habt. Natürlich nicht."

In dieser Nacht hielten sie ein großes Fest im Schloß von Enghafen ab. „Morgen beginnt unser eigentliches Abenteuer", sagte Riepischiep, nachdem er sich vor allen verbeugt hatte, um schlafen zu gehen. Aber natürlich begann dieses Abenteuer noch nicht am nächsten Tag, sondern erst sehr viel später. Denn jetzt mußten sie jegliches bekannte Land und jegliches bekannte Meer hinter sich lassen, und so waren ausgiebige Vorbereitungen zu treffen. Die *Morgenröte* wurde leergeräumt, von acht Pferden über Rollen an Land gezogen, und jedes einzelne Teil des Schiffes wurde von den erfahrensten Schiffsbauern überprüft. Dann wurde es wieder zu Wasser gelassen und mit so vielen Lebensmitteln und soviel Wasser beladen, wie es nur tragen konnte – das bedeutete, daß sie Vorräte für achtundzwanzig Tage an Bord nahmen.

Während all dies erledigt wurde, ließ Kaspian sich keine Gelegenheit entgehen, die ältesten Kapitäne zu befragen, die er in Enghafen finden konnte, um zu erfahren, ob sie etwas über ein Land weiter im Osten wußten oder irgendwelche Gerüchte darüber gehört hatten. Er schenkte für viele vom Wetter gegerbte Männer mit kurzen grauen Bärten und klaren blauen Augen viele Krüge des Schloßbieres aus, und zum Dank wurde viel Seemannsgarn für ihn gesponnen. Aber die vertrauenswürdigsten Männer wußten nichts von einem Land hinter den Einsamen Inseln. Viele glaubten, daß man – wenn man zu weit östlich segelte – in den Sog eines Meeres ohne jegliches Land geriet, das ständig um den Rand der Welt wirbelt – „Und das ist vermutlich die Stelle, wo die Freunde Eurer Majestät ertrunken sind." Die anderen erzählten nur wilde Geschichten von Inseln mit Menschen ohne Kopf, von dahintreibenden Inseln, von Wasserhosen und von einem Feuer, das am Wasser entlang brannte. Nur einer sagte zu Riepischieps Entzücken: „Und dahinter liegt das Land Aslans. Doch das liegt hinter dem Ende der Welt und ist unerreichbar." Aber als man ihn befragte, erklärte er lediglich, er hätte dies von seinem Vater gehört.

Bern konnte ihnen nur sagen, daß er seine Freunde nach Osten hatte segeln sehen und daß man nie mehr etwas von ihnen gehört hatte. Dies sagte er, als er und Kaspian auf dem höchsten Punkt von Avra standen und auf das Meer im Osten hinabblickten. „Ich habe manchen Morgen hier gestanden", sagte der Herzog, „und die Sonne aus dem Meer aufsteigen sehen, und manchmal sah es so aus, als wäre es nur ein paar Meilen von hier. Und ich habe mich gefragt, was aus meinen Freunden geworden ist und was wohl in Wirklichkeit hinter diesem Horizont liegt. Nichts, vermutlich, und doch bin ich immer ein wenig beschämt, weil ich zurückgeblieben bin. Aber ich wollte, Eure Majestät würde dableiben. Es wäre möglich, daß wir hier Eure Hilfe brauchen. Das Schließen des Sklavenmarktes eröffnet vielleicht neue Welten; aber ich befürchte einen Krieg mit Kalormen. Mein Herrscher, überdenkt es noch einmal!"

„Ich habe einen Eid geschworen, mein Herzog", sagte Kaspian. „Und außerdem – wie sollte ich es wohl Riepischiep erklären?"

DER STURM UND SEINE FOLGEN

Fast drei Wochen waren seit ihrer Landung vergangen, als die *Morgenröte* aus dem Hafen von Enghafen geschleppt wurde. Man hatte feierliche Abschiedsworte getauscht, und eine große Menschenmenge hatte sich versammelt, um ihrer Abfahrt zuzusehen. Jubel war erklungen, und Tränen waren geflossen, als Kaspian seine letzte Rede vor den Bewohnern der Einsamen Inseln gehalten und sich vom Herzog und seiner Familie verabschiedet hatte. Aber als das Schiff, dessen lilafarbenes Segel noch untätig flatterte, sich weiter von der Küste entfernte und der Klang von Kaspians Trompete vom Achterdeck her übers Wasser schwächer wurde, da verstummte alles. Dann kam die *Morgenröte* vor den Wind. Das Segel blähte sich, das Schleppboot löste sich und begann zurückzurudern, die erste richtige Welle schob sich unter den Bug der *Morgenröte*, und sie erwachte wieder zum Leben. Die dienstfreien Männer gingen nach unten, Drinian übernahm die erste Wache auf dem Achterdeck, und das Schiff wandte sich an der südlichen Spitze von Avra nach Osten.

Die folgenden Tage waren herrlich. Lucy hielt sich für das glücklichste Mädchen der Welt. Jeden Morgen erwachte sie, sah die Spiegelungen des sonnenbeschienenen Wassers an der Decke ihrer Kajüte tanzen und betrachtete all die schönen neuen Dinge, die sie auf den Einsamen Inseln geschenkt bekommen hatte – Seestiefel und Halbstiefel und Wämser und Tücher. Dann ging sie hinauf und blickte vom Vorderdeck auf ein Meer, dessen Blau jeden Tag strahlender wurde. Und sie atmete eine Luft, die jeden Tag wärmer wurde. Danach wurde mit einem Appetit gefrühstückt, wie man ihn nur auf See haben kann.

Lucy verbrachte einen Großteil ihrer Zeit damit, auf der kleinen Bank im Heck zu sitzen und mit Riepischiep Schach zu spielen. Es war lustig, ihm dabei zuzuschauen, wie er mit beiden Pfoten die Figuren anhob, die viel zu groß waren für ihn, und wie er auf den Zehenspitzen stand, wenn er einen Zug in der Mitte des Schachbretts machen mußte. Er war ein guter Spieler, und wenn er sich ordentlich auf das Spiel konzentrierte, dann siegte er gewöhnlich. Aber ab und zu gewann Lucy, weil Riepischiep etwas sehr Lächerliches machte. Da schickte er zum Beispiel seinen Springer in die kombinierte Gefahr der Königin und des Turms. Dies geschah, weil er für den Augenblick vergessen hatte, daß es sich um ein Schachspiel handelte, und meinte, es ginge um einen wirklichen Kampf. Dabei ließ er den Springer das tun, was er an dessen Stelle selbstverständlich getan hätte. Denn sein Kopf war voll mit aussichtslosen Hoffnungen, mit Angriffen bis zum Tod oder bis zum Sieg und mit bis zuletzt gehaltenen Stellungen.

Aber diese schöne Zeit währte nicht lange. Eines Abends sah Lucy, während sie müßig auf die lange Rinne des Kielwassers hinunterschaute, die das Schiff hinter sich ließ, wie sich im Westen mit erstaunlicher Geschwindigkeit eine mächtige Wolkenwand bildete. Dann riß die Wand auf, und durch die Lücke war ein gelber Sonnenuntergang zu sehen. All die Wellen hinter dem Schiff schienen ungewöhnliche Formen anzunehmen, und das Meer hatte eine graubraune oder gelbliche Farbe, ähnlich der Farbe von schmutzigem Segeltuch. Die Luft wurde kalt. Das Schiff bewegte sich unruhig, so als fühle es hinter sich die Gefahr. Das Segel war abwechselnd schlaff und im nächsten Moment straff gespannt. Während Lucy diese Dinge bemerkte und auf die plötzlich bedrohlich klingenden Geräusche des Windes lauschte, rief Drinian: „Alle Mann an Deck!“ Schlagartig begann eine wilde Geschäftigkeit. Die Luken wurden geschlossen, das Feuer in der Kombüse wurde gelöscht, die Männer kletterten in die Takelage, um das Segel zu reffen. Noch bevor sie fertig waren, traf sie der Sturm. Lucy schien es so, als hätte sich genau vor dem Bug ein riesiges Meerestal gebildet, in das sie hinabrasten; tiefer, als sie es jemals für möglich gehalten hätte. Dann kam ein großer, grauer Wasserberg – viel höher als der Mast – auf sie zugerast. Es sah so aus, als wäre ihnen der Tod gewiß, doch sie wurden zur Spitze des Wasserberges hochgeworfen. Dann schien sich das Schiff im Kreis zu drehen. Ein Wasserfall überspülte das Deck; Achterdeck und Vorderdeck waren wie zwei Inseln, und dazwischen lag ein wild tosendes Meer. Oben in der Takelage lagen die Matrosen auf der Rah und versuchten verzweifelt, das Segel unter Kontrolle zu bringen. Ein gerissenes Tau stand seitwärts im Wind – so gerade und so starr, als wäre es ein Stock.

„Geht nach unten, Herrin!“ rief Drinian. Und Lucy, die wußte, daß Landratten die Mannschaft nur stören, gehorchte. Es war nicht einfach. Die *Morgenröte* hing schrecklich nach steuerbord über, und das Deck war geneigt wie ein Hausdach. An die Reling geklammert, arbeitete sie sich bis hin zur Leiter. Dort mußte sie warten, weil gerade zwei Männer heraufgekletttert kamen. Dann stieg sie so gut es ging nach unten. Glücklicherweise hielt sie sich gut fest, denn gerade als sie am Fuß der Leiter angekommen war, brach tosend die nächste Welle über das Deck und umspülte sie bis hoch an die Schultern. Zwar war sie von der Gischt und dem Regen schon völlig durchnäßt, aber die Welle war noch kälter. Sie rannte zur Kajütentür, stürzte hinein und schloß die Tür vor dem entsetzlichen Anblick der Geschwindigkeit, mit der sie in der Dunkelheit dahinrasten. Aber das schreckliche Durcheinander der Geräusche – das Knarren, das Stöhnen, das Knacken, das Klappern, das Tosen und das Donnern, das hier unten nur noch erschreckender klang als auf dem Achterdeck –, das konnte sie nicht ausschließen.

Den ganzen nächsten und übernächsten Tag ging es so weiter. Es ging weiter, bis man sich kaum an die Zeit erinnern konnte, bevor es begonnen hatte. Am Ruder mußten immer drei Männer stehen, und selbst sie schafften es kaum, irgendeinen Kurs zu halten. Und die Pumpe mußte ebenfalls ständig bemannt sein. Und keiner kam richtig zur Ruhe, man konnte nichts kochen und nichts trocknen, ein Mann fiel über Bord, und kein Sonnenstrahl war zu sehen. Als es vorbei war, machte Eustachius die folgende Eintragung in sein Tagebuch.

„*3. September.* Heute ist seit einer Ewigkeit der erste Tag, an dem ich schreiben kann. Wir wurden dreizehn Tage und dreizehn Nächte lang vor einem Hurrikan hergetrieben. Ich weiß es, weil ich sorgfältig mitgezählt habe, obwohl alle anderen sagen, es seien nur zwölf Tage gewesen. *Phantastisch*, wenn man mit Leuten, die nicht einmal richtig zählen können, eine gefährliche Reise unternimmt! Ich habe eine schreckliche Zeit hinter mir, auf riesigen Wellen hinauf und wieder herunter, ständig naß bis auf die Haut, und es wurde nicht einmal der Versuch gemacht, uns ordentliche Mahlzeiten zu kochen. Es erübrigt sich zu sagen, daß es hier kein Funkgerät und nicht einmal eine Leuchtrakete gibt, und so bestand keine Möglichkeit, um Hilfe zu signalisieren. All das beweist nur, was ich schon immer sage, nämlich daß es Wahnsinn ist, sich in so einer miesen kleinen Badewanne aufs Meer zu wagen. Es wäre schon schlimm genug, selbst wenn man mit normalen Leuten zusammen wäre statt mit diesen Teufeln in Menschengestalt.

Kaspian und Edmund haben mich wirklich brutal behandelt. In der Nacht, in der wir den Mast verloren haben (jetzt ist nur noch ein Stumpf übrig), haben sie mich gezwungen, an Deck zu kommen und wie ein Sklave zu arbeiten, obwohl mir *ganz und gar nicht gut war.* Lucy hat dem Ganzen die Spitze aufgesetzt und gesagt, Riepischiep würde furchtbar gerne helfen, aber er sei zu klein. Ich frage mich, warum sie nicht begreift, daß das kleine Biest alles nur aus *Angabe* macht. Selbst in ihrem Alter müßte man schon soviel Verstand aufbringen. Heute liegt das entsetzliche Schiff endlich ruhig, die Sonne scheint, und wir haben uns herumgestritten, was wir jetzt tun sollen. Wir haben noch genug zu essen für sechzehn Tage, aber das meiste schmeckt abscheulich. (Die Hühner wurden alle über Bord gespült. Aber bei dem Sturm hätten sie sowieso aufgehört, Eier zu legen.) Das eigentliche Problem ist das Wasser. Zwei Fässer scheinen angeschlagen worden zu sein und sind leer (wieder einmal eine echt narnianische Leistung). Mit kleinen Tagesrationen, nämlich einem viertel Liter für jeden, reicht es für zwölf Tage. (Es gibt noch eine Menge Rum und Wein, aber das verstehen sogar sie, daß das nur noch durstiger macht.)

Wenn wir könnten, wäre es natürlich das einfachste, sofort nach Westen zu drehen und auf die Einsamen Inseln zuzuhalten. Aber es hat achtzehn Tage gedauert, bis wir an der Stelle waren, wo wir jetzt sind, und mit dem Sturm hinter uns waren wir wahnsinnig schnell. Selbst wenn wir Ostwind bekämen, würden wir zurück vermutlich viel länger brauchen. Und im Moment gibt es keinerlei Anzeichen für Ostwind – tatsächlich weht überhaupt kein Wind. Und was das Zurückrudern betrifft, so würde es viel zu lange dauern, und Kaspian sagt, die Männer könnten nicht mit einem viertel Liter Wasser pro Tag rudern. Ich bin jedoch fast sicher, daß dies nicht stimmt. Ich versuchte ihm zu erklären, daß der Mensch sich durch das

Schwitzen abkühlt und daß die Männer deshalb weniger Wasser brauchen, wenn sie arbeiten. Aber er ist nicht darauf eingegangen. So macht er es immer, wenn ihm keine Antwort einfällt. Die anderen haben alle dafür gestimmt, weiterzusegeln, in der Hoffnung darauf, daß man Land findet. Ich hielt es für meine Pflicht, darauf hinzuweisen, daß wir nicht wissen, ob vor uns Land liegt, und ich habe versucht, ihnen die Gefährlichkeit derartiger Illusionen vor Augen zu führen. Statt einen besseren Plan vorzulegen, hatten sie den Nerv, mich zu fragen, welchen Vorschlag *ich* denn hätte. Daraufhin habe ich ihnen kühl und ruhig erklärt, ich sei entführt und ohne meine Einwilligung auf diese idiotische Reise mitgenommen worden, deshalb wäre es wohl kaum meine Sache, ihnen aus der Patsche zu helfen.

4. September. Noch immer windstill. Zum Essen gab es sehr kleine Rationen, und ich bekam noch weniger als die anderen. Kaspian ist sehr geschickt beim Verteilen und denkt, ich würde es nicht merken. Aus irgendeinem Grund wollte Lucy mir dafür einen Teil ihrer Portion geben, aber dieser Besserwisser Edmund, der sich in alles einmischt, hat es nicht zugelassen. Die Sonne ist ziemlich heiß. Hatte den ganzen Abend furchtbaren Durst.

5. September. Noch immer windstill und sehr heiß. Habe mich den ganzen Tag über sehr schlecht gefühlt und bin sicher, daß ich Fieber habe. Natürlich haben sie nicht genug Verstand, um ein Thermometer an Bord zu haben.

6. September. Ein entsetzlicher Tag. Ich wachte nachts auf, und mir wurde klar, daß ich Fieber hatte und dringend etwas Wasser trinken mußte. Das hätte jeder Arzt auch gesagt. Der Himmel weiß, daß ich der Allerletzte bin, der sich einen ungerechten Vorteil verschaffen will, aber ich hätte mir nie träumen lassen, daß diese Wasserrationierung auch für Kranke gilt. Ich hätte ja auch die anderen aufgeweckt und um ein wenig Wasser gebeten, aber ich war der Meinung, es wäre egoistisch, sie aufzuwecken. Deshalb stand ich auf, nahm meine Tasse und verließ auf Zehenspitzen das schwarze Loch, in dem wir schlafen. Ich war sehr vorsichtig, um Kaspian und Edmund nicht zu stören, denn sie schlafen schlecht, seit es so heiß ist und das Wasser rationiert wird. Ich versuche immer, an andere zu denken, ob sie nun nett zu mir sind oder nicht. Ich habe es bis zu dem großen Raum geschafft, wenn man es einen Raum nennen kann, wo die Ruderbänke und die Ladung sind. Das Ding mit dem Wasser stand an meinem Ende. Alles lief prächtig, aber bevor ich mir eine Tasse voll abgezapft hatte, mußte mich ausgerechnet dieser *kleine Schnüffler* Riepischiep erwischen. Ich versuchte zu erklären, ich wolle an Deck und frische Luft schnappen (die Sache mit dem Wasser hatte ja mit ihm nichts zu tun), und er fragte mich, warum ich dann eine Tasse bei mir hätte. Er machte so ein Theater, daß das ganze Schiff aufwachte. Sie haben mich skandalös behandelt. Ich fragte, so, wie das vermutlich jeder getan hätte, warum Riepischiep mitten in der Nacht um das Wasserfaß herumschleicht. Er sagte, da er zu klein sei, um an Deck zu helfen, halte er jede Nacht beim Wasser Wache, damit dafür ein weiterer Mann schlafen könne. Und jetzt kommt die verdammte Ungerechtigkeit: Sie haben alle *ihm* geglaubt! Das ist das Letzte!

Ich mußte mich entschuldigen, sonst wäre das gefährliche kleine Biest mit dem Schwert auf mich losgegangen. Und dann hat Kaspian sein wahres Gesicht als brutaler Tyrann gezeigt und hat so laut, daß es alle hören konnten, gesagt, daß jeder, der beim Wasserstehlen ertappt würde, in Zukunft ‚zwei Dutzend' bekäme. Ich wußte nicht, was er damit meinte, bis Edmund es mir erklärte. Solche Sachen stehen in den Büchern, die diese Kinder lesen.

Nach dieser feigen Drohung schlug Kaspian einen anderen Ton an und begann, herablassend zu werden. Er sagte, ich täte ihm leid und alle anderen würden sich genauso fiebrig fühlen wie ich, und wir müßten alle das Beste daraus machen und so weiter. Ekelhafter, eingebildeter Besserwisser. Bin heute den ganzen Tag im Bett geblieben.

7. September. Heute kam ein wenig Wind auf, aber noch immer von Westen. Haben ein paar Meilen Richtung Osten zurückgelegt mit einem Teil des Segels auf dem ‚Geschworenenmast', wie Drinian ihn nennt. Das heißt, daß der Bugspriet aufgerichtet und am Stumpf des richtigen Masts angebunden wurde (sie nennen das ‚festzurren'). Noch immer schrecklich durstig.

8. September. Wir segeln weiter nach Osten. Ich bleibe jetzt den ganzen Tag in meiner Koje und sehe niemand außer Lucy, bis die beiden *Ungeheuer* zu Bett gehen. Lucy gibt mir ein wenig von ihrer Wasserration ab. Sie sagt, Mädchen würden nicht so durstig werden wie Jungen. Ich habe das schon öfters gedacht, aber es müßte auf See noch besser bekannt werden.

9. September. Land in Sicht; ein sehr hoher Berg weit vor uns im Südosten.

10. September. Der Berg ist inzwischen größer und klarer, aber noch immer sehr weit weg. Heute tauchten zum ersten Mal seit einer Ewigkeit wieder Möwen auf.

11. September. Haben ein paar Fische gefangen und gegessen. Haben gegen sieben Uhr abends in drei Faden tiefem Wasser in einer Bucht dieser bergigen Insel Anker geworfen. Kaspian, dieser Idiot, ließ uns nicht an Land, weil es schon dunkel wurde und er Angst hatte vor den Wilden und den Tieren. Zusätzliche Wasserration heute abend."

Was sie auf dieser Insel erwartete, sollte Eustachius mehr als alle anderen betreffen, aber es kann nicht mit seinen eigenen Worten berichtet werden, weil er nach dem elften September lange Zeit vergaß, Tagebuch zu führen.

Als der Morgen sehr heiß, aber mit einer tiefhängenden grauen Wolkendecke anbrach, fanden sich die Abenteurer in einer Bucht, die so von Kliffen und schroffen Felsen eingerahmt war, daß sie wie ein norwegischer Fjord aussah. Vor ihnen, am Kopf der Bucht, lag flaches Land, das dicht bewachsen war mit zedernähnlichen Bäumen, zwischen denen ein schnell dahinfließender Bach ins Meer mündete. Dahinter erhob sich ein steiler Abhang mit einem zerklüfteten Kamm, und hinter diesem Abhang sah man verschwommen dunkle Berge, die bis zu den Wolken aufragten und deren Spitzen man deshalb nicht erkennen konnte. Auf den näherliegenden Kliffen der Bucht sah man hier und da weiße Linien, die alle als Wasserfälle erkannten, obwohl sie aus der Entfernung regungslos und still dazuliegen schienen. Tatsächlich war die ganze Gegend sehr ruhig, und das Wasser in der Bucht war so glatt wie Glas. Die Kliffe spiegelten sich mit jeder Einzelheit darin wider. Auf einem Bild wäre die Szene hübsch gewesen, aber im richtigen Leben war sie recht bedrückend. Es war kein Land, das Besucher willkommen hieß.

Die ganze Schiffsmannschaft begab sich in zwei Bootsladungen an Land, und alle tranken, wuschen sich im Fluß, aßen und ruhten sich aus. Dann sandte Kaspian vier Männer zum Schiff zurück, und die Arbeit begann. Es gab so viel zu tun. Die Fässer mußten an Land gebracht und die beschädigten mußten – sofern möglich – repariert und zusammen mit den anderen wieder aufgefüllt werden. Dann mußte ein Baum – und zwar eine Kiefer, falls es das hier gab – gefällt und ein neuer Mast daraus gezimmert werden; Segel mußten geflickt und eine Jagdgruppe organisiert werden, um soviel Wild wie nur irgend möglich zu erlegen; Kleider mußten gewaschen und geflickt und unzählige kleine Reparaturen ausgeführt werden. Denn die *Morgenröte* war kaum mehr als das stolze Schiff zu erkennen, das Enghafen verlassen hatte – jetzt, aus der

Entfernung, sah man das noch deutlicher. Sie sah ganz verstümmelt aus, die Farbe war abgeblättert, und jeder hätte sie für ein Wrack gehalten. Auch die Offiziere und die Mannschaft sahen nicht besser aus – sie waren abgemagert, blaß, hatten vom mangelnden Schlaf rote Augen und waren in Lumpen gehüllt.

Als Eustachius unter einem Baum lag und mit anhörte, wie all dies besprochen wurde, sank ihm das Herz. Gab es denn keinerlei Erholung? Es sah so aus, als brächte dieser erste Tag auf dem langersehnten Land genauso viel harte Arbeit wie ein Tag auf See. Dann kam ihm ein hervorragender Gedanke. Niemand beachtete ihn – alle schwatzten über ihr Schiff, und zwar so, als verspürten sie tatsächlich Liebe zu diesem gräßlichen Ding. Warum sollte er sich da nicht einfach verdrücken? Er würde ein Stückchen landeinwärts spazieren, eine kühle, luftige Stelle oben in den Bergen suchen, ein schönes langes Schläfchen machen und erst zu den anderen zurückkehren, wenn die Tagesarbeit beendet war. Er wußte, daß ihm das guttun würde. Aber er würde sorgfältig darauf achten, die Bucht und das Schiff nicht aus den Augen zu verlieren, um sicherzustellen, daß er wieder zurückfand. Er hatte keine Lust, hier in dieser Gegend zurückgelassen zu werden.

Sofort führte er seinen Plan aus. Er erhob sich leise und schlenderte im Schutz der Bäume davon. Er bemühte sich, langsam zu gehen und so, als hätte er kein bestimmtes Ziel, damit jeder, der ihn sah, annahm, er würde sich nur die Beine vertreten. Er war überrascht, wie rasch hinter ihm die Gespräche der anderen verklangen und wie still und warm und dunkelgrün der Wald wurde. Schon bald wagte er es, schneller und entschlossener auszuschreiten.

Kurz darauf trat er aus dem Wald heraus. Vor ihm lag ein steiler Hang. Das Gras war trocken und glatt, aber wenn er Hände und Füße benutzte, war es zu schaffen, und obwohl er außer Atem war und sich häufig die Stirn abwischte, stolperte er stetig vorwärts.

Das zeigte übrigens, obwohl er selbst das nie vermutet hätte, daß sein neuer Lebensstil ihm gutgetan hatte; der alte Eustachius, Harolds und Albertas Eustachius, hätte diese Kletterei schon nach zehn Minuten aufgegeben.

Langsam und mit vielen Verschnaufpausen erreichte er den Bergkamm. Er hatte erwartet, von hier aus bis ins Herz der Insel sehen zu können, aber die Wolken hingen inzwischen tiefer, und eine Nebelwand schob sich auf ihn zu. Er setzte sich hin und schaute zurück. Er war jetzt so hoch oben, daß die Bucht unter ihm ganz winzig aussah und man weit aufs Meer hinausschauen konnte. Dann umschloß ihn undurchdringlich und doch nicht kalt von allen Seiten der Nebel von den Bergen, und er legte sich hin und wälzte sich herum, um eine bequeme Lage zu finden, in der er sich wohlfühlte.

Aber er fühlte sich nicht wohl, oder zumindest nicht sehr lange. Zum ersten Mal in seinem Leben begann er, sich einsam zu fühlen. Dieses Gefühl entstand nur sehr allmählich. Und dann fing er an, sich über alles mögliche Sorgen zu machen. Nicht der geringste Laut war zu hören. Plötzlich kam ihm der Gedanke, er könne schon stundenlang hier gelegen haben. Vielleicht waren die anderen schon weg! Vielleicht hatten sie ihn absichtlich weggehen lassen, um ihn hier zurückzulassen! In panischer Angst sprang er auf und begann den Abstieg.

Zuerst war er zu ungeduldig, glitt auf der steil abfallenden Grasfläche aus und rutschte ein paar Meter hinunter. Dann dachte er, er sei dadurch zu weit nach links geraten – und dort hatte er beim Aufstieg einige Kliffe gesehen. Deshalb krabbelte er wieder so nah wie möglich zu der Stelle zurück, von der er – wie er meinte – aufgebrochen war, und begann den Abstieg von neuem. Diesmal hielt er sich nach rechts. Nun schienen die Dinge besser zu verlaufen. Er ging sehr vorsichtig,

denn er konnte nur einen Meter weit sehen, und um ihn herum herrschte noch immer Totenstille. Es ist sehr unangenehm, vorsichtig gehen zu müssen, wenn einem eine innere Stimme ständig sagt: schnell, schnell, schnell! Jede Sekunde wurde der schreckliche Gedanke, zurückgelassen zu werden, bedrohlicher. Wenn er Kaspian und die Kinder auch nur ein wenig verstanden hätte, dann hätte er natürlich gewußt, daß sie so etwas niemals tun würden.

„Endlich!“ sagte Eustachius, als er einen Abhang mit losen Steinen heruntergeschlittert kam (das nennt man Geröllhalde) und auf ebener Erde stand. „Und jetzt – wo sind die Bäume? Da vorne ist etwas Dunkles. Oh, ich glaube, der Nebel lichtet sich.“

Das stimmte. Das Licht wurde immer heller und zwang ihn zum Blinzeln. Der Nebel hob sich. Er befand sich in einem völlig unbekannten Tal, und das Meer war nirgendwo zu sehen.

EUSTACHIUS' ABENTEUER

Zu diesem Zeitpunkt wuschen sich die anderen gerade im Fluß Hände und Gesicht und machten sich fertig zum Essen und zu einer Ruhepause. Die drei besten Bogenschützen waren im Norden der Bucht in die Berge hinaufgestiegen und kehrten mit zwei Wildziegen beladen wieder zurück, die jetzt über einem Feuer brieten. Kaspian hatte befohlen, ein Faß Wein an Land zu schaffen, starken Wein aus Archenland, der erst mit Wasser gemischt werden mußte, bevor man ihn trank, und es war genug da für alle. Die Arbeit war bis jetzt gut verlaufen, und es war ein fröhliches Mahl. Erst nach seiner zweiten Portion Ziegenfleisch sagte Edmund: „Wo ist denn dieser doofe Eustachius?"

Eustachius schaute sich gerade in dem unbekannten Tal um. Es war so eng und so tief, und die Felsen, die es umgaben, waren so steil, daß es aussah wie ein riesiger Schacht oder eine tiefe Rinne. Der Boden war grasbewachsen und steinig, und hier und da sah Eustachius verbrannte Stellen. Etwa fünfzehn Meter vor ihm lag ein Teich mit klarem, ruhigem Wasser. Zuerst war in diesem Tal überhaupt kein Lebewesen zu entdekken. Die Sonne brannte, und die grimmigen Spitzen und Hörner der Berge ragten über das Tal.

Eustachius merkte natürlich, daß er im Nebel an der falschen Seite des Bergkammes abgestiegen war, und so wandte er sich sofort um und wollte sehen, wie er am besten wieder hinaufkam. Doch schon nach dem ersten Blick schauderte er. Offensichtlich hatte er durch ein erstaunliches Glück den einzig möglichen Weg nach unten gefunden – einen langen grünen Streifen, entsetzlich steil und eng, mit Felsen auf beiden Seiten. Sonst gab es keinen Weg zurück. Aber würde er das wohl schaffen, jetzt, wo er gesehen hatte, wie der Weg aussah? Schon bei dem Gedanken daran wurde ihm schwindlig.

Er drehte sich wieder um und wollte sich auf jeden Fall erst einmal am Teich satt trinken. Aber sobald er sich umdrehte und bevor er einen Schritt vorwärts gemacht hatte, hörte er hinter sich ein Geräusch. Es war nur ein schwaches Geräusch, aber in dieser absoluten Stille klang es laut. Er blieb eine Sekunde lang wie erstarrt stehen. Dann wandte er den Kopf, um zu sehen, was das gewesen war.

Am Fuß des Felsens zu seiner Linken war ein niedriges, dunkles Loch – vielleicht war es die Öffnung zu einer Höhle. Und aus dem Loch stiegen zwei dünne Rauchfäden empor. Die losen Steine vor dem Loch bewegten sich (das war das Geräusch, das er gehört hatte), so, als kröche dahinter jemand im Dunkeln herum.

Da kroch *tatsächlich* etwas. Noch schlimmer – etwas kam herausgekrochen. Edmund oder Lucy oder ihr hättet es sofort erkannt, aber Eustachius hatte keines von den richtigen Büchern gelesen. Das Ding, das aus der Höhle herauskam, war etwas, was er sich nie hätte vorstellen können – es hatte eine lange, graue Schnauze, trübe rote Augen, weder Federn noch Fell, einen langen, geschmeidigen Körper, der auf der Erde entlangschleifte, Vorderbeine mit Ellbogen, die wie bei einer Spinne den Rücken überragten, grausame Klauen, Fledermausflügel, die auf den Steinen ein kratzendes Geräusch machten, und einen sehr langen Schwanz. Das Wort *Drache* kam ihm nicht in den Sinn.

Aber wenn er über Drachen etwas gewußt hätte, würde ihn das Verhalten dieses Drachen vielleicht ein wenig überrascht haben. Der setzte sich nicht auf, schlug nicht mit den Flügeln und stieß auch keine Flammen durch das Maul aus. Der Rauch aus seinen Nasenlöchern war wie der Rauch eines Feuers, das bald ausgehen wird. Auch schien der Drache Eustachius nicht gesehen zu haben. Er bewegte sich sehr langsam auf den Teich zu – langsam und mit vielen Ruhepausen. Selbst jetzt in seiner Angst spürte Eustachius, daß es eine alte und traurige Kreatur war. Er fragte sich, ob er es wohl wagen sollte, einen Satz zum Berghang hinüber zu machen. Aber vielleicht sah sich das Tier um, wenn er ein Geräusch machte. Und dann erwachte es vielleicht noch einmal zum Leben. Vielleicht verstellte es sich auch nur. Außerdem, was nützte es, vor einem Tier davonzuklettern, das fliegen konnte?

Der Drache hatte den Teich erreicht und ließ seinen schrecklichen schuppigen Leib über den Kies gleiten, um zu trinken. Aber bevor er trinken konnte, stieß er ein lautes Ächzen aus, und nach ein paar krampfartigen Zuckungen fiel er auf die Seite und blieb, mit einer Klaue in der Luft, regungslos liegen. Etwas dunkles Blut lief aus seinem weitgeöffneten Maul. Der Rauch aus seinen Nasenlöchern wurde einen Augenblick lang schwarz und verflüchtigte sich. Kein weiterer Rauch kam hervor.

Lange Zeit wagte es Eustachius nicht, sich zu bewegen. Vielleicht war das der Trick dieses Untiers, und vielleicht lockte es auf diese Art die Reisenden in ihr Verhängnis. Aber er konnte nicht ewig warten. Er ging einen Schritt näher, dann zwei Schritte, und dann blieb er wieder stehen. Der Drache rührte sich nicht. Eustachius sah auch, daß das rote Feuer aus seinen Augen verschwunden war. Schließlich ging er noch näher. Er war inzwischen ziemlich sicher, daß das Tier tot war. Mit Schaudern berührte er es. Nichts geschah.

Eustachius war so erleichtert, daß er beinahe laut auflachte. Er fühlte sich so, als hätte er mit dem Drachen gekämpft und ihn getötet, anstatt ihm nur beim Sterben zuzusehen. Er machte einen Schritt über den Drachen hinweg und ging zum Teich, um zu trinken, denn es wurde unerträglich heiß. Er war nicht überrascht, als er Donnergrollen hörte. Fast unmittelbar danach verschwand die Sonne, und bevor er fertig war mit dem Trinken, fielen schon große Regentropfen.

Das Klima auf dieser Insel war sehr unangenehm. Innerhalb kürzester Zeit war Eustachius von einem Regen, wie es ihn in Europa niemals gibt, bis auf die Haut durchnäßt und fast blind. Solange dieses Wetter anhielt, war jeder Versuch, auf den Berg zurückzuklettern, sinnlos. Er rannte auf den einzigen sichtbaren Unterschlupf – die Höhle des Drachen – zu. Dort legte er sich hin und verschnaufte.

Die meisten von uns wissen, was es in einer Drachenhöhle zu finden gibt, aber wie schon gesagt, hatte Eustachius nur die falschen Bücher gelesen. In jenen stand eine Menge über Export und Import, über Regierungen und Entwässerungsanlagen, aber in bezug auf Drachen gaben sie keinerlei Auskünfte. Der Boden, auf dem er lag, verwirrte ihn deshalb sehr. Da gab es Sachen, die zu stachelig waren für Steine und zu hart für Dornen. Und dann gab es unzählige runde und flache Dinger, und alles klirrte, wenn er sich bewegte. An der Höhlenöffnung war es hell genug, um die Sachen zu untersuchen. Und natürlich stellte Eustachius das fest, was ihm jeder von uns schon vorher hätte sagen können – es waren Schätze. Kronen (das waren die stacheligen Dinger), Münzen, Ringe, Armbänder, Goldbarren, Becher, Teller und Juwelen.

Im Unterschied zu anderen Jungen hatte Eustachius noch nie viel von Schatzsuche gehalten, aber er sah sofort, wie nützlich ihm dieser Schatz in dieser neuen Welt sein konnte, in die er durch das Bild in Lucys Zimmer so törichterweise hineingestolpert war. Hier gibt es keine Steuern, sagte er sich. Und man muß den Schatz nicht bei der Regierung abliefern. Mit einem Teil von dem Zeug könnte ich mir hier eine recht schöne Zeit machen – vielleicht in Kalormen. Das scheint das vernünftigste Land hier zu sein. Wieviel ich wohl tragen kann? Diesen Armreif – die Dinger da drin sind vermutlich Diamanten – lege ich mir gleich ums Handgelenk. Zu groß, aber es geht, wenn ich ihn bis über den Ellbogen hochschiebe. Dann fülle ich mir die Taschen mit Diamanten – die sind leichter als Gold. Wann dieser Sturzregen wohl aufhört? – Er gelangte zu einem weniger bequemen Teil des angehäuften Schatzes, wo hauptsächlich Münzen lagen, und so legte er sich hin, um zu warten. Aber nach einem derartigen Schrecken und vor allem nach einem so anstrengenden Auf- und Abstieg ist man sehr müde. Eustachius schlief ein.

Zu dem Zeitpunkt, wo er fest eingeschlafen war und schnarchte, waren die anderen mit dem Essen fertig und machten sich ernsthaft Sorgen um ihn. Sie schrien: „Eustachius! Eustachius! Hallo!“, bis sie heiser waren, und Kaspian blies sein Horn.

„Er kann nicht in der Nähe sein, sonst hätte er das gehört“, sagte Lucy, die ganz blaß war.

„Verdammt!“ rief Edmund. „Warum in aller Welt mußte er sich nur wegschleichen?“

„Wir müssen etwas unternehmen“, sagte Lucy. „Vielleicht hat er sich verirrt oder ist in ein Loch gefallen oder von Wilden gefangen worden!“

„Oder ein wildes Tier hat ihn getötet“, ergänzte Drinian.

„Also ich würde sagen, um den wäre es nicht schade“, brummte Rhince.

„Meister Rhince“, sagte Riepischiep. „Ihr habt nie ein Wort gesprochen, das Euch schlechter angestanden hätte. Dieser Kerl ist kein guter Freund von mir, aber er ist vom Blut der

Königin, und solange er zu unserer Gruppe gehört, verlangt es unsere Ehre, ihn zu finden und ihn zu rächen, falls er tot ist."

„Natürlich müssen wir ihn finden, wenn es möglich ist!" sagte Drinian müde. „Das ist es ja gerade. Das bedeutet, daß wir einen Suchtrupp bilden müssen und daß uns endlose Schwierigkeiten bevorstehen. Zum Teufel mit diesem Eustachius!"

Inzwischen schlief Eustachius – und schlief und schlief. Schließlich wachte er von Schmerzen in seinem Arm auf. Der Mond schien zum Höhleneingang herein, und seine Liegestatt auf dem Schatz schien viel bequemer geworden zu sein – tatsächlich spürte er fast nichts mehr. Der Schmerz in seinem Arm beunruhigte ihn zuerst, aber schließlich fiel ihm auf, daß der Armreif, den er bis über den Ellbogen hochgeschoben hatte, komischerweise sehr eng geworden war. Sein Arm mußte im Schlaf angeschwollen sein. (Es war sein linker Arm.)

Er bewegte den rechten Arm, um nach seinem linken Arm zu greifen, aber schon nach ein paar Zentimetern hielt er ihn wieder still und biß sich vor Entsetzen auf die Lippen. Denn genau vor ihm, ein wenig zu seiner Rechten, dort, wo das Mondlicht hell auf den Boden der Höhle fiel, sah er, wie sich etwas Entsetzliches bewegte. Er wußte nicht genau, was es war. Nun, es war eine Drachenklaue. Sie hatte sich bewegt, als er seine Hand bewegt hatte, und jetzt, wo er die Hand stillhielt, bewegte sich die Klaue ebenfalls nicht mehr.

Ach, was war ich nur für ein Idiot, dachte Eustachius. Natürlich, diese Kreatur hatte einen Gefährten, und der liegt jetzt neben mir.

Einige Minuten lang wagte er es nicht, auch nur den kleinsten Muskel zu bewegen. Er sah, daß vor seinen Augen zwei dünne Rauchsäulen aufstiegen, die sich im Mondlicht schwarz abhoben; genauso wie der Rauch, der aus der Nase des Drachen gekommen war, kurz bevor er gestorben war. Das jagte

Eustachius einen derartigen Schrecken ein, daß er die Luft anhielt. Die beiden Rauchsäulen verschwanden. Als er die Luft nicht mehr anhalten konnte, atmete er verstohlen aus – und sofort tauchten die beiden Rauchfäden wieder auf. Aber selbst jetzt begriff er die Wahrheit noch nicht.

Schließlich faßte er den Entschluß, sich sehr vorsichtig nach links zu schieben und zu versuchen, aus der Höhle herauszukriechen. Vielleicht schlief die Kreatur – und außerdem war es die einzige Möglichkeit. Aber natürlich schaute er nach links, bevor er in diese Richtung kroch. O weh! Auch auf dieser Seite war eine Drachenklaue zu sehen.

Niemand wird es Eustachius übelnehmen, daß er in diesem Augenblick zu weinen begann. Er war überrascht von der Größe seiner Tränen, als er sie auf den Schatz vor sich tropfen sah. Sie schienen auch eigenartig heiß zu sein – sie dampften!

Aber das Weinen nützte nichts. Er mußte versuchen, zwischen den beiden Drachen hervorzukriechen. Er begann, seinen rechten Arm auszustrecken. Das Vorderbein und die Klaue zu seiner Rechten vollführten genau dieselbe Bewegung. Dann versuchte er es mit dem linken Arm. Das Drachenbein auf dieser Seite bewegte sich ebenfalls.

Zwei Drachen, einer auf jeder Seite, die alles nachmachten, was er tat! Er verlor die Nerven und stürzte einfach los.

Während er aus der Höhle rannte, erklang ein derartiges Klappern und Reiben und Klirren von Goldstücken und ein Mahlen von Steinen, daß er dachte, beide Drachen wären hinter ihm her. Er wagte es nicht, zurückzuschauen. Er rannte zum Teich. Die verkrümmte Gestalt des toten Drachen hätte jedermann zu Tode erschreckt, aber jetzt bemerkte er sie kaum. Er hatte vor, sich ins Wasser zu werfen.

Aber als er am Rand des Teiches ankam, geschahen zwei Dinge. Erstens fiel ihm schlagartig ein, daß er auf allen vieren gerannt war – und warum, in aller Welt, hatte er das getan?

Und als er sich über das Wasser beugte, kam es ihm einen Augenblick lang so vor, als hätte ihn aus dem Teich ein zweiter Drache angestarrt. Aber schon einen Augenblick später dämmerte ihm die Wahrheit. Das Drachengesicht im Teich war sein eigenes Spiegelbild. Es gab keinen Zweifel: es bewegte sich, wenn er sich bewegte; es öffnete und schloß den Mund, wenn er seinen öffnete und schloß.

Er hatte sich im Schlaf in einen Drachen verwandelt. Er hatte auf einem Drachenschatz geschlafen, mit gierigen, drachenartigen Gedanken im Herzen, und so hatte er sich selbst in einen Drachen verwandelt. Das erklärte alles. Neben ihm in der Höhle hatten keine Drachen gelegen. Die Klaue zu seiner Rechten und zu seiner Linken waren seine eigenen Klauen gewesen. Die beiden Rauchsäulen waren aus seinen Nasenlöchern gekommen. Und was den Schmerz in seinem linken Arm betraf (oder dem, was einstens sein linker Arm gewesen war), so konnte er jetzt sehen, was da geschehen war, wenn er mit seinem linken Auge zur Seite schielte. Der Armreif, der sehr gut auf den Oberarm eines Jungen gepaßt hatte, war viel zu klein für das dicke, plumpe Vorderbein eines Drachen. Er schnitt tief in das schuppige Fleisch ein, und zu beiden Seiten war er dick geschwollen und pochte. Er zerrte mit seinen Drachenzähnen daran, doch der Armreif ließ sich nicht lösen.

Trotz seiner Schmerzen war das erste Gefühl, welches ihn überkam, das der Erleichterung. Jetzt gab es nichts mehr, wovor er Angst haben mußte. Jetzt war er selbst eine furchterregende Gestalt, und nur noch ein Ritter (und auch nicht jeder) würde es wagen, ihn anzugreifen. Jetzt konnte er Kaspian und Edmund alles heimzahlen …

Aber im gleichen Augenblick, wo er das dachte, wurde ihm klar, daß er das gar nicht wollte. Er wollte ihr Freund sein. Er wollte zu den Menschen zurück, mit ihnen reden und lachen und alles gemeinsam mit ihnen erleben. Er begriff, daß er ein

Ungeheuer war, das keinen Zugang zur menschlichen Gesellschaft hatte. Eine furchtbare Einsamkeit überfiel ihn. Er begann zu verstehen, daß die anderen in Wirklichkeit gar keine Scheusale gewesen waren. Er begann sich zu überlegen, ob er selbst der nette Mensch gewesen war, für den er sich immer gehalten hatte. Er sehnte sich nach ihren Stimmen. Jetzt wäre er sogar für ein freundliches Wort von Riepischiep dankbar gewesen.

Nach all diesen Gedanken erhob der arme Drache, der einst Eustachius gewesen war, die Stimme und weinte. Ein mächtiger Drache, der sich unter dem Mond in einem verlassenen Tal die Augen ausweint, ist ein Anblick für sich, und das Geräusch kann man sich kaum vorstellen.

Schließlich entschloß er sich, einen Versuch zu machen, den Weg zurück zur Küste zu finden. Jetzt war ihm klar, daß Kaspian niemals wegsegeln und ihn hier zurücklassen würde. Und er war sicher, daß es ihm irgendwie gelingen würde, den anderen begreiflich zu machen, wer er war.

Er drehte sich um und wollte aus dem Tal klettern. Er begann seine Kletterei mit einem Satz, und mitten im Sprung stellte er fest, daß er flog. Er hatte seine Flügel ganz vergessen und war äußerst überrascht – dies war seit langem die erste angenehme Überraschung. Er erhob sich hoch in die Luft und sah unter sich im Mondlicht unzählige Bergspitzen. Er entdeckte auch die Bucht, die aussah wie eine Silberplatte, die vor Anker liegende Morgenröte und die Lagerfeuer, die in den Wäldern neben der Bucht flackerten. Von großer Höhe ließ er sich im Gleitflug hinunterfallen.

Lucy war in tiefem Schlaf versunken, denn sie war bis zur Rückkehr der Suchmannschaft wach geblieben. Kaspian hatte die Suchmannschaft angeführt, und alle waren sehr spät und sehr erschöpft zurückgekommen. Ihre Berichte waren beunruhigend. Sie hatten keine Spur von Eustachius gefunden, aber in einem Tal hatten sie einen toten Drachen gesehen. Sie versuchten, das Beste daraus zu machen, und jeder versicherte jedem, daß es unwahrscheinlich sei, daß es in der Gegend noch weitere Drachen gäbe, und daß ein Drache, der um drei Uhr an diesem Nachmittag tot gewesen war (denn um diese Zeit hatten sie ihn entdeckt), wohl kaum ein paar Stunden vorher einen Menschen umgebracht haben konnte.

„Höchstens er hat dieses kleine Scheusal aufgefressen und ist daran gestorben: an dem würde sich jeder vergiften", sagte Rhince. Aber das sagte er ganz leise, und keiner hörte es.

Spät in dieser Nacht wurde Lucy wach und sah, daß alle eng beieinander standen und sich flüsternd unterhielten.

„Was ist los?" fragte Lucy.

„Wir dürfen nicht die Nerven verlieren!" sagte Kaspian gerade. „Eben kam ein Drache über die Baumspitzen angeflogen und ist am Strand gelandet. Ja, er liegt unglücklicherweise zwischen uns und dem Schiff. Und Pfeile nützen gar nichts gegen Drachen. Und auch vor Feuer haben sie überhaupt keine Angst."

„Wenn Eure Majestät es gestattet ..." begann Riepischiep.

„Nein, Riepischiep", sagte der König fest. „Du wirst keinen Zweikampf mit ihm versuchen! Und wenn du nicht versprichst, mir in dieser Angelegenheit zu gehorchen, dann lasse ich dich anbinden! Wir müssen Wache halten, und sobald es hell wird, gehen wir zum Strand hinunter und greifen an. Ich werde den Kampf führen, mit König Edmund zu meiner Rechten und Lord Drinian zu meiner Linken. Weitere Vorbereitungen sind nicht zu treffen. In ein paar Stunden wird es hell. In einer Stunde soll ein Mahl und der Rest des Weines serviert werden! Und achtet darauf, daß alles geräuschlos erledigt wird."

„Vielleicht geht er wieder weg", sagte Lucy.

„Das wäre noch schlimmer", sagte Edmund, „denn dann wissen wir nicht, wo er ist. Wenn sich eine Wespe im Zimmer befindet, möchte ich sie sehen können."

Der Rest der Nacht war schrecklich. Als das Mahl serviert wurde, stellten viele fest, daß sie keinen Appetit hatten. Endlose Stunden schienen zu verrinnen, bevor die Dunkelheit wich und die Vögel zu zwitschern begannen und die Welt noch kälter und nasser wurde als während der Nacht. Schließlich sagte Kaspian: „Auf, Freunde!"

Sie erhoben sich mit gezogenen Schwertern und formierten sich zu einer geschlossenen Gruppe. Lucy, die Riepischiep auf den Schultern trug, ging in der Mitte. Dies war besser als die endlose Warterei, und alle fühlten sich einander näher als zu gewöhnlichen Zeiten. Dann setzten sie sich in Bewegung. Als sie am Waldrand anlangten, wurde es heller. Und dort auf dem Sand – wie eine riesige Eidechse oder wie ein gelenkiges Krokodil oder wie eine Schlange mit Beinen – lag riesig und schrecklich und bucklig der Drache.

Aber anstatt sich zu erheben und Feuer und Rauch auszuspucken, zog sich der Drache ins seichte Wasser der Bucht zurück. Fast hätte man sagen können, er sei gewatschelt.

„Warum wackelt er so mit dem Kopf?" sagte Edmund.

„Und jetzt nickt er", sagte Kaspian.

„Und aus seinen Augen tropft etwas", sagte Drinian.

„Seht ihr es denn nicht?" fragte Lucy. „Er weint. Das sind Tränen."

„Darauf würde ich mich nicht verlassen, Herrin", entgegnete Drinian. „Das machen auch die Krokodile, damit man unvorsichtig wird."

„Er hat den Kopf geschüttelt, als Ihr das gesagt habt", bemerkte Edmund. „Gerade so, als wollte er ‚nein' sagen."

„Meinst du, er versteht, was wir sagen?" fragte Lucy.

Der Drache nickte wild.

Riepischiep schlüpfte von Lucys Schultern und trat vor.

„Drache!" rief er mit seiner schrillen Stimme. „Kannst du unsere Sprache verstehen?"

Der Drache nickte.

„Kannst du sprechen ?“

Er schüttelte den Kopf.

„Dann ist es nutzlos, dich zu fragen, was du hier willst. Aber wenn du schwörst, uns freundlich gesinnt zu sein, so hebe dein linkes Vorderbein über den Kopf.“

Das tat der Drache, obwohl er sich ungeschickt anstellte, weil das Bein von dem goldenen Armreif geschwollen war und schmerzte.

„Schaut!“ sagte Lucy. „Mit seinem Bein ist etwas nicht in Ordnung. Der Arme – deshalb hat er wahrscheinlich geweint. Vielleicht kam er zu uns, um geheilt zu werden, wie in der Geschichte von Androklus und dem Löwen.“

„Sei vorsichtig, Lucy“, sagte Kaspian. „Es ist ein sehr kluger Drache, aber vielleicht ist er ein Lügner.“

Doch gefolgt von Riepischiep, der so schnell rannte, wie es seine kleinen Beinchen erlaubten, war Lucy schon vorwärts gestürzt, und dann folgten natürlich auch die Jungen und Drinian.

„Zeig mir dein armes Bein“, sagte Lucy. „Vielleicht kann ich es heilen.“

Der Drache, der Eustachius gewesen war, streckte froh sein Bein aus, denn er erinnerte sich daran, wie Lucys Heilmittel ihn von der Seekrankheit befreit hatte, als er noch kein Drache gewesen war. Aber er wurde enttäuscht. Zwar ging von der Zauberflüssigkeit die Schwellung zurück, und der Schmerz ließ etwas nach, aber es gelang ihr nicht, das Gold aufzulösen.

Alle hatten sich inzwischen um den Drachen versammelt und sahen zu. Plötzlich rief Kaspian: „Schaut!“ Er starrte den Armreif an.

WIE DAS ABENTEUER ENDETE

„Was sollen wir anschauen?" fragte Edmund.

„Schaut euch das Zeichen auf dem Gold an", antwortete Kaspian.

„Ein kleiner Hammer mit einem Diamanten darüber, der aussieht wie ein Stern", sagte Drinian. „Also das habe ich doch schon einmal gesehen!"

„Natürlich habt Ihr es schon einmal gesehen", bestätigte Kaspian. „Es ist das Zeichen einer mächtigen Familie aus Narnia. Das ist der Armreif von Lord Octesian."

„Bösewicht!" rief Riepischiep dem Drachen zu. „Hast du einen narnianischen Lord verschlungen?" Aber der Drache schüttelte wild den Kopf.

„Oder vielleicht *ist* das Lord Octesian, der sich durch einen Zauber in einen Drachen verwandelt hat", meinte Lucy.

„Das muß nicht unbedingt sein", sagte Edmund. „Alle Drachen sammeln Gold. Aber ich glaube, man kann annehmen, daß Lord Octesian nur bis hierher auf diese Insel gekommen ist."

„Bist du Lord Octesian?" fragte Lucy den Drachen, und als er traurig den Kopf schüttelte, fügte sie hinzu: „Bist du jemand, der verzaubert worden ist – ein Mensch, meine ich?"

Er nickte heftig.

Und dann sagte jemand (hinterher stritt man sich, ob es Lucy oder Edmund gewesen war): „Du bist doch nicht – bist du vielleicht Eustachius?“

Und Eustachius nickte mit seinem schrecklichen Drachenkopf und schlug mit dem Schwanz auf das Wasser, und alle wichen zurück (und einige der Seeleute benutzten Ausdrücke, die ich lieber nicht aufschreiben will), um den riesigen, kochendheißen Tränen auszuweichen, die aus den Augen des Drachen flossen.

Lucy versuchte ihr Bestes, um ihn zu trösten, sie nahm sogar ihren ganzen Mut zusammen, um sein schuppiges Gesicht zu küssen, und fast alle sagten „So ein Pech!“, und einige versicherten Eustachius, sie würden alle zu ihm halten, und viele sagten, es gäbe sicher einen Weg, ihn zu entzaubern, und in ein oder zwei Tagen sei bestimmt wieder alles in Ordnung. Natürlich hätten sie alle gern seine Geschichte gehört, aber er konnte nicht reden. In den folgenden Tagen versuchte er es mehr als einmal, diese Geschichte für sie in den Sand zu schreiben. Aber es gelang ihm nie. Erstens einmal hatte Eustachius (der nie die richtigen Bücher gelesen hatte) keine Ahnung, wie man eine Geschichte erzählt. Und außerdem hatten die Muskeln und die Nerven der Drachenklauen, die er benutzen mußte, nie schreiben gelernt, und sowieso waren sie dafür nicht gebaut. Deshalb schaffte er es nie bis zum Ende, bevor die Flut kam und alles – außer den Buchstaben, auf die er ohnehin schon vorher getreten war oder die er aus Versehen mit seinem Schwanz ausgewischt hatte – fortspülte. Und das, was die anderen lasen, sah etwa so aus – die Punkte stehen für die Buchstaben, die er verwischt hatte:

ICH BIN SCHLAF … ADR DARCH ICH MEINE DRARCHEN HOLE WEIL ER TOT WAR UND RENETE SO STAR … WACHE AUF UND KON … VON MEIN ARM OH WEH …

Es war jedoch allen klar, daß Eustachius einen viel besseren Charakter hatte, seit er ein Drache war. Er war begierig, ihnen zu helfen. Er flog über die ganze Insel und stellte fest, daß alles bergig war und daß nur wilde Ziegen und Herden von wilden Schweinen hier lebten. Er brachte ihnen viele tote Tiere als Proviant für das Schiff. Er war auch ein sehr humaner Jäger, denn er konnte ein Tier mit einem Schlag seines Schwanzes töten, so daß es nicht wußte, daß es getötet worden war. Er aß natürlich auch selbst ein paar, aber er aß immer allein, denn jetzt, wo er ein Drache war, aß er seine Nahrung gerne roh, und er wollte nicht, daß ihn die anderen bei seinen unappetitlichen Mahlzeiten sahen. Und eines Tages kam er sehr müde, aber überglücklich angeflogen und brachte eine riesig große Kiefer ins Lager, die er in einem weitentfernten Tal mit den Wurzeln ausgerissen hatte und aus der man einen ausgezeichneten Mast zimmern konnte. Und wenn es am Abend kühl wurde, wie das manchmal nach den starken Regenfällen geschah, dann war er für alle eine große Hilfe, denn sie kamen zu ihm, lehnten sich mit dem Rücken gegen seinen heißen Körper und ließen sich aufwärmen und trocknen; und ein Stoß seines feurigen Atems setzte auch den widerspenstigsten Holzstoß in Brand. Manchmal nahm er eine ausgewählte Gruppe auf seinem Rücken mit auf einen Flug, und sie sahen unter sich die grünen Hänge vorbeifliegen, die felsigen Höhen, die engen, rinnenartigen Täler und weit draußen über dem Meer im Osten einen dunkelblauen Fleck am blauen Horizont, der vielleicht Land war.

Die für ihn ganz neue Erfahrung, von den anderen gemocht zu werden – und, was noch wichtiger war, andere zu mögen –, hielt Eustachius davon ab, zu verzweifeln. Denn es war trostlos, ein Drache zu sein. Jedesmal, wenn er über einen Bergsee flog und sein eigenes Spiegelbild sah, schüttelte es ihn. Er haßte die riesigen, fledermausartigen Flügel, den gezackten

Kamm auf seinem Rücken und die grausamen, gekrümmten Klauen. Fast hatte er Angst, wenn er mit sich allein war, doch wenn er mit den anderen zusammen war, dann schämte er sich. An den Abenden, an denen er nicht als Wärmeflasche benutzt wurde, schlich er sich vom Lager fort und lag zusammengerollt zwischen dem Wald und dem Wasser. Zu seiner großen Überraschung war Riepischiep bei dieser Gelegenheit sein beständigster Trostspender. Die edle Maus kroch von dem fröhlichen Kreis um das Lagerfeuer fort und setzte sich (gegen den Wind, um nicht von dem rauchigen Atem getroffen zu werden) neben dem Drachenkopf nieder. Dann erklärte Riepischiep, daß das, was mit Eustachius passiert war, ein gutes Beispiel dafür sei, wie sich das Glücksrad dreht, und daß er Eustachius in seinem Haus in Narnia mehr als hundert Beispiele von Kaisern, Königen, Herzogen, Rittern, Poeten, Liebhabern, Astronomen, Philosophen und Zauberern zeigen könnte, die zuerst wohlhabend gewesen und dann in größte Not geraten waren und von denen sich viele wieder erholt und den Rest ihres Lebens in Glück und Zufriedenheit verbracht hatten. (Das Haus, von dem Riepischiep gesprochen hatte, war allerdings kein Haus, sondern ein Loch, und der Drachenkopf, und erst recht der Drachenkörper, hätte niemals hineingepaßt.) Dies war zu jenem Zeitpunkt vielleicht kein allzu großer Trost, aber es war gut gemeint, und Eustachius vergaß es ihm nie.

Aber was natürlich über allen wie eine Wolke hing, war das Problem, was sie mit ihrem Drachen tun sollten, wenn sie bereit waren, weiterzusegeln. Sie bemühten sich, in seinem Beisein nicht darüber zu reden, aber er konnte nicht umhin, Bemerkungen mit anzuhören wie: „Würde er der Länge nach auf eine Seite des Verdecks passen? Wir müßten dann die Vorräte unten auf die andere Seite räumen, um sein Gewicht auszugleichen“ oder: „Könnte man ihn hinterherziehen?“ oder: „Könnte er es wohl schaffen, im Flug mitzuhalten?“ und (das war die häufigste Bemerkung): „Aber wie werden wir ihn füttern?" Dem armen Eustachius wurde immer klarer, daß er seit dem Tag, an dem er an Bord gekommen war, eine große Last gewesen war – und jetzt war es sogar noch schlimmer. Und das fraß sich in sein Herz, so, wie der Armreif sich in sein Vorderbein fraß. Er wußte, daß es nur noch schlimmer wurde, wenn er mit seinen großen Zähnen daran riß, aber ab und zu konnte er sich nicht beherrschen, vor allem in heißen Nächten.

Etwa sechs Tage nach ihrer Landung auf der Dracheninsel wachte Edmund eines Morgens schon früh auf. Die Morgendämmerung war gerade erst angebrochen, und so konnte er zwar die Bäume sehen, die zwischen ihm und der Bucht lagen, aber die Bäume hinter ihm waren noch nicht zu erkennen. Beim Aufwachen vermeinte er, ein Geräusch zu hören, deshalb stützte er sich auf einen Ellbogen und schaute sich um. Plötzlich sah er eine Gestalt, die sich an der dem Meer zugewandten Seite des Waldes bewegte. Sofort kam ihm der Gedanke: Ist es eigentlich sicher, daß es hier auf der Insel keine Eingeborenen gibt? Dann dachte er, es sei vielleicht Kaspian – die Gestalt hatte etwa die richtige Größe –, aber dann fiel ihm ein, daß Kaspian neben ihm schlief und sich nicht bewegt hatte. Edmund vergewisserte sich, daß sein Schwert an seinem Platz war, und erhob sich dann, um der Sache nachzugehen.

Leise schlich er zum Waldrand. Die dunkle Gestalt war noch da. Er sah, daß sie für Kaspian zu klein und für Lucy zu groß war. Sie rannte nicht weg. Edmund zog sein Schwert und wollte den Fremden gerade anrufen, als dieser sich umwandte und leise sagte:

„Bist du das, Edmund?"

„Ja. Wer bist du ?" antwortete dieser.

„Kennst du mich nicht?" fragte der andere. „Ich bin's – Eustachius."

„Meine Güte!“ rief Edmund. „Tatsächlich. Mein lieber Freund …“

„Pst“, sagte Eustachius und schwankte, als würde er gleich umfallen.

„Hoppla!“ sagte Edmund und hielt ihn fest. „Was ist los? Bist du krank?“

Eustachius schwieg so lange, daß Edmund annahm, er würde ohnmächtig werden. Aber schließlich sagte er: „Es war furchtbar. Du kannst es dir nicht vorstellen … aber jetzt ist alles in Ordnung. Könnten wir irgendwohin gehen und uns unterhalten? Ich möchte noch nicht mit den anderen zusammentreffen.“

„Ja, natürlich“, sagte Edmund. „Wir können uns auf die Felsen da drüben setzen. Ich bin sehr froh, daß du wieder – hm – wieder normal aussiehst. Du mußt eine schlimme Zeit hinter dir haben.“

Sie gingen zu den Felsen und setzten sich. Sie blickten auf die Bucht, während der Himmel heller und heller wurde und die Sterne bis auf einen sehr hellen und tief am Horizont stehenden Stern verschwanden.

„Ich werde dir nicht erzählen, wie ich zu einem – einem Drachen wurde, ehe die anderen dabei sind und ich es ein für alle Male hinter mich bringen kann“, sagte Eustachius. „Übrigens wußte ich nicht einmal, daß ich ein Drache war, bis ich das Wort von euch gehört habe, als ich an jenem Morgen hier auftauchte. Ich wollte dir erzählen, wie es kam, daß ich mich wieder zurückverwandelt habe.“

„Schieß los!“ sagte Edmund.

„Also – gestern nacht war ich so unglücklich wie nie zuvor. Und dieser fürchterliche Armreif tat so schrecklich weh …“

„Ist dein Arm jetzt in Ordnung?“

Eustachius lachte – sein Lachen war ganz anders als früher – und zog den Armreif mühelos vom Arm. „Da ist er“, sagte er. „Und meinetwegen kann ihn jeder haben, der ihn haben will. Tja, wie ich sagte, lag ich wach und überlegte, was wohl aus mir werden würde. Und dann – aber vielleicht war es nur ein Traum. Ich weiß es nicht.“

„Rede weiter“, forderte Edmund ihn ungeduldig auf.

„Also ich schaute auf und sah etwas, was ich am allerwenigsten erwartet hätte – einen riesigen Löwen, der langsam auf mich zukam. Und das eigenartigste war, daß gestern nacht kein Mond schien, und trotzdem war der Löwe von Mondlicht umgeben. Er kam näher und näher. Ich hatte schreckliche Angst. Vielleicht denkst du, ich, als Drache, hätte ihn ohne weiteres überwältigen können. Aber es war nicht diese Art von Angst. Ich hatte keine Angst davor, er könne mich auffressen. Ich hatte einfach vor dem Löwen an sich Angst – wenn du das verstehen kannst. Also, er kam nahe zu mir her und blickte mir direkt in die Augen. Ich machte die Augen fest zu. Aber das nützte nichts, denn er befahl mir, ihm zu folgen.“

„Willst du damit sagen, daß er geredet hat?“

„Ich weiß nicht. Jetzt, wo du es erwähnst, glaube ich nicht, daß er geredet hat. Aber trotzdem hat er mir befohlen mitzukommen. Und ich wußte, daß ich tun mußte, was er mir befahl, deshalb stand ich auf und folgte ihm. Und er führte mich weit in die Berge. Und über dem Löwen und um ihn herum, wohin er sich auch wandte, hing dieses Mondlicht. Schließlich kamen wir an die Spitze eines Berges, den ich noch nie gesehen hatte. Oben auf diesem Berg war ein Garten – mit Bäumen und Früchten und allem möglichen. In der Mitte des Gartens war eine Quelle.

Ich wußte, daß es eine Quelle war, weil man am Grund das Wasser hervorsprudeln sah, aber sie war viel größer, als Quellen sonst sind. Sie war wie ein sehr großes rundes Bad, zu dem Marmorstufen hinunterführten. Das Wasser war glasklar, und ich dachte, wenn ich hineingehen und baden würde, dann ginge der Schmerz in meinem Bein vielleicht ein wenig weg. Aber der Löwe sagte mir, ich müsse mich zuerst ausziehen. Ich weiß nicht, ob er die Worte aussprach oder nicht.

Ich wollte gerade sagen, ich könne mich nicht ausziehen, weil ich keine Kleider anhätte, als mir plötzlich einfiel, daß Drachen schlangenartige Lebewesen sind und daß Schlangen ihre Haut abwerfen können. Natürlich, dachte ich, das ist es, was der Löwe gemeint hat. Deshalb fing ich an, mich zu kratzen, und überall begannen die Schuppen abzugehen. Und dann kratzte ich ein wenig tiefer, und statt der Schuppen ging plötzlich die ganze Haut ab, wie nach einer Krankheit oder wie bei einer Banane. Nach ein oder zwei Minuten stieg ich einfach aus der Haut heraus. Ich konnte sie neben mir liegen sehen. Sie sah ziemlich ekelhaft aus. Es war ein herrliches Gefühl. Ich stieg hinunter in die Quelle, um zu baden.

Aber gerade als ich meine Füße ins Wasser stellte, blickte ich nach unten und sah, daß sie so hart und rauh und faltig und schuppig waren wie zuvor. Oh, das macht nichts, sagte ich mir. Das bedeutet nur, daß ich darunter noch einen kleineren Anzug anhabe und daß ich den auch noch ausziehen muß. So kratzte und riß ich also noch einmal, und auch diese zweite Haut ging ausgezeichnet ab. Ich stieg heraus und legte sie neben die andere und ging zur Quelle hinunter zu meinem Bad.

Aber genau dasselbe passierte noch einmal. Und ich dachte mir, meine Güte, wie viele Häute muß ich wohl noch ausziehen? Denn ich konnte es kaum erwarten, mir die Beine zu baden. Deshalb kratzte ich ein drittes Mal und riß eine dritte Haut ab, genau wie die beiden anderen, und stieg aus ihr heraus. Aber als ich mich im Wasser anschaute, wußte ich, daß es keinen Zweck gehabt hatte.

Dann sagte der Löwe – aber ich weiß nicht, ob er tatsächlich redete –: ‚Ich werde dich ausziehen müssen.' Ich hatte ziemliche Angst vor seinen Tatzen, das kann ich dir sagen, aber ich war inzwischen völlig verzweifelt. Deshalb legte ich mich einfach flach auf den Rücken und ließ ihn machen.

Der erste Riß war so tief, daß ich dachte, er ginge bis ins Herz. Und als er begann, mir die Haut abzuziehen, da schmerzte es schlimmer als alles, was ich jemals gespürt habe. Ich konnte es nur deshalb aushalten, weil es sich so gut anfühlte, als das Zeug abging. Weißt du – es ist so, wie wenn man bei einer Wunde den Schorf abreißt. Es tut weh wie verrückt, aber es ist so schön, wenn man sieht, wie er abgeht."

„Ich weiß genau, was du meinst", sagte Edmund.

„Also er zog das schreckliche Zeug einfach ab – so, wie ich dachte, ich hätte es die drei Male vorher getan, bloß hatte es da nicht weh getan –, und da lag es auf dem Gras; nur war diese Haut sehr viel dicker und dunkler und warziger als die vorherigen. Und ich war so glatt und so weich wie eine geschälte Rute und viel kleiner als vorher. Dann packte er mich – das gefiel mir gar nicht, denn jetzt, wo ich keine Haut mehr anhatte, war ich sehr empfindlich – und warf mich ins Wasser. Es brannte wie die Hölle, aber nur für einen Augenblick. Dann wurde es ganz herrlich, und sobald ich zu schwimmen und zu planschen begann, merkte ich, daß der Schmerz in meinem Arm weg war. Und dann sah ich warum. Ich hatte mich wieder in einen Jungen verwandelt. Du hältst mich sicher für einen Angeber, wenn ich dir erzähle, wie stolz ich plötzlich auf meine Arme war. Ich weiß, daß ich keine Muskeln habe und daß sie gar nichts sind, verglichen mit denen von Kaspian, aber ich habe mich riesig gefreut, sie zu sehen.

Nach einem Weilchen holte mich der Löwe heraus und zog mich an ..."

„Zog dich an? Mit seinen Tatzen?"

„Tja, daran erinnere ich mich nicht mehr genau. Aber irgendwie hat er mich angezogen, mit neuen Kleidern – mit denen, die ich jetzt anhabe. Und dann war ich plötzlich wieder hier. Deshalb habe ich gedacht, es müsse ein Traum gewesen sein."

„Nein. Es war kein Traum", sagte Edmund.

„Warum nicht?"

„Also zuerst sind da die Kleider. Und zweitens wurdest du zurückverwandelt."

„Was meinst du denn, was es war?" fragte Eustachius.

„Ich glaube, du hast Aslan gesehen", sagte Edmund.

„Aslan!" sagte Eustachius. „Ich habe den Namen schon mehrmals gehört, seit wir auf der *Morgenröte* sind. Und ich hatte das Gefühl – ich weiß nicht –, ihn zu hassen. Aber damals habe ich ja alles gehaßt. Übrigens möchte ich mich entschuldigen. Ich fürchte, ich war sehr unangenehm."

„Schon gut", sagte Edmund. „Im Vertrauen: Du warst nicht so schlimm wie ich auf meiner ersten Reise nach Narnia. Du warst nur ein Scheusal, aber ich war ein Verräter."

„Erzähle mir lieber nichts darüber", sagte Eustachius. „Aber wer ist Aslan? Kennst du ihn?"

„Nun – er kennt mich", antwortete Edmund. „Er ist der große Löwe, der Sohn des Herrschers über die Meere, der mich und Narnia gerettet hat. Wir alle haben ihn schon gesehen. Lucy sieht ihn am häufigsten. Und vielleicht ist es Aslans Land, zu dem wir segeln."

Eine Weile sagte keiner etwas. Der letzte helle Stern war verschwunden, und obwohl sie wegen der Berge zu ihrer Rechten den Sonnenaufgang nicht sehen konnten, wußten sie doch, daß die Sonne gerade aufging, denn der Himmel über ihnen und die Bucht vor ihnen wurden blutrot. Dann schrie hinter ihnen im Wald ein papageienartiger Vogel, zwischen den Bäumen erklangen Geräusche, und schließlich wurde Kaspians Horn geblasen. Das Lager erwachte.

Groß war die Freude, als Edmund und der zurückverwandelte Eustachius in den Kreis derer traten, die um das Lager-

feuer saßen und frühstückten. Und jetzt erfuhr natürlich jeder die Geschichte von Anfang an. Man überlegte sich, ob der andere Drache wohl vor einigen Jahren Lord Octesian umgebracht hatte oder ob Lord Octesian selbst der alte Drache gewesen war. Die Juwelen, die Eustachius in der Höhle in seine Taschen gestopft hatte, waren zusammen mit den Kleidern verschwunden, die er getragen hatte. Aber niemand, und am allerwenigsten Eustachius selbst, fühlte den Wunsch, wegen dieses Schatzes zurück in das Tal zu gehen.

Schon ein paar Tage später war die *Morgenröte* – mit einem neuen Mast, frisch bemalt und schwer beladen – bereit zur Abfahrt. Aber zuvor befahl Kaspian, auf einen glatten, der Bucht zugewandten Felsen die folgenden Worte einzugravieren:

Dracheninsel
Entdeckt von Kaspian X., König von Narnia usw.
im vierten Jahr
seiner Herrschaft.
Hier, so wird vermutet, ereilte
Lord Octesian
der Tod.

Es wäre schön, wenn man sagen könnte, daß Eustachius von dieser Zeit an ein anderer Junge war, aber es entsprach nur fast der Wahrheit. Wenn man ganz genau sein will, so begann er, ein anderer Junge zu sein. Doch er hatte Rückfälle. Es gab immer wieder Tage, an denen er sehr unangenehm war. Aber die meisten von diesen Tagen werde ich übersehen. Die Kur hatte zu wirken begonnen.

Der Armreif von Lord Octesian hatte ein eigenartiges Schicksal. Eustachius wollte ihn nicht und bot ihn Kaspian an. Kaspian wiederum wollte ihn Lucy geben. Doch die wollte ihn auch nicht haben. „Na gut, fange ihn, wer wolle!“ rief Kaspian und warf ihn hoch. Der Reif flog in die Luft, funkelte in der Sonne, und dann blieb er so exakt wie ein gut geworfener Wurfring an einem kleinen Felsvorsprung hängen. Niemand konnte von unten zu ihm hinaufklettern, und niemand konnte von oben zu ihm herunterklettern.

Und dort hängt er, soviel ich weiß, noch immer, und vielleicht bleibt er dort bis zum Ende der Welt hängen.

ZWEIMAL KNAPP ENTRONNEN

Alle waren fröhlich, als die *Morgenröte* von der Dracheninsel absegelte. Sobald sie die Bucht hinter sich ließen, bekamen sie guten Wind. Früh am nächsten Morgen erreichten sie das unbekannte Land, das einige von ihnen gesehen hatten, als sie mit Eustachius, dem Drachen, über die Berge geflogen waren. Es war eine flache grüne Insel, auf der nur Kaninchen und ein paar Ziegen lebten. Aber aus den Ruinen der steinernen Hütten und aus den geschwärzten Stellen, wo einst Feuer gebrannt hatten, schlossen sie, daß sie vor nicht allzu langer Zeit noch bewohnt gewesen sein mußte. Sie fanden auch ein paar Knochen und einige zerbrochene Waffen.

„Die Arbeit von Piraten", sagte Kaspian.

„Oder eines Drachen", sagte Edmund.

Das einzige, was sie sonst noch fanden, war ein kleines Boot, das auf dem Sand lag. Es bestand aus Häuten, die über ein Weidengeflecht gespannt waren. Es war ein winziges Boot, nicht einmal eineinhalb Meter lang, und auch das Paddel, das darin lag, war entsprechend winzig. Sie nahmen an, daß das Boot entweder für ein Kind gemacht worden war oder daß die Leute hier Zwerge gewesen sein mußten. Riepischiep entschloß sich, es zu behalten, da es für ihn genau die richtige Größe hatte, und so nahmen sie es an Bord. Sie nannten das Land „Verbrannte Insel" und segelten schon vor Mittag wieder ab.

Fünf Tage lang segelten sie vor einem südsüdöstlichen Wind. Kein Land, kein Fisch und keine Möwe waren zu sehen. Dann kam ein Tag, an dem es bis nachmittag stark regnete. Eustachius verlor zwei Schachspiele an Riepischiep und begann gerade, sich in den alten unangenehmen Eustachius zurückzuverwandeln. Edmund beklagte sich, daß sie nicht mit Suse nach Amerika hatten fahren dürfen. Dann schaute Lucy aus den Fenstern am Heck und sagte:

„Oh! Ich glaube, es hört auf. Und was ist *das*?"

Sie stolperten alle hinauf auf das Achterdeck. Der Regen hatte aufgehört, und Drinian, der Wache hielt, starrte ebenfalls angestregt auf ein Ding hinter dem Schiff. Oder vielmehr auf mehrere Dinge. Sie sahen ein wenig wie glatte, abgerundete Felsen aus – und eine ganze Reihe davon war zu sehen, mit einem Zwischenraum von jeweils zehn Metern.

„Aber es können keine Felsen sein", sagte Drinian, „denn vor fünf Minuten waren sie noch nicht da."

„Und eben ist einer davon verschwunden", rief Lucy.

„Ja, und da kommt gerade ein anderer", sagte Edmund.

„Er kommt näher!" rief Eustachius.

„Verdammt!" stieß Kaspian hervor. „Das ganze Ding kommt in unsere Richtung!"

„Und es bewegt sich um einiges schneller, als wir segeln können, Herr", fügte Drinian hinzu. „Es wird uns in einer Minute eingeholt haben."

Sie hielten alle den Atem an, denn es ist gar nicht schön, wenn man von etwas Unbekanntem verfolgt wird, sei es nun auf dem Land oder auf dem Meer. Aber es war etwas viel Schrecklicheres, als sie angenommen hatten. Plötzlich, nur einen Heuschreckensprung vom Backbord entfernt, erhob sich ein abscheulicher Kopf aus dem Meer. Er war grün und zinnoberrot mit lila Flecken – außer an den mit Schalentieren bedeckten Stellen –, und er hatte die Form eines Pferdekopfes;

allerdings fehlten die Ohren. Er hatte riesige Augen, Augen, die dafür geschaffen waren, die dunklen Tiefen des Ozeans zu durchdringen, und ein offenes Maul mit einer doppelten Reihe scharfer Fischzähne. Der Kopf saß auf einem riesigen Nakken – zumindest dachten sie das zuerst. Doch als dieser weiter und weiter hervorkam, wurde ihnen klar, daß dies nicht der Nacken, sondern der Körper war und daß sie das sahen, was viele Leute törichterweise gerne gesehen hätten – die große Seeschlange. Die Krümmung ihres riesigen Schwanzes, die sich hier und da über die Wasseroberfläche erhoben, konnte man bis weit in die Ferne sehen. Und jetzt überragte ihr Kopf schon den Mast.

Alle Männer rannten zu ihren Waffen. Doch es war zwecklos – gegen die Seeschlange konnten sie nichts ausrichten. „Schießt! Schießt!“ rief der oberste Pfeilschütze, und einige gehorchten, doch die Pfeile prallten an der Haut der Seeschlange ab, als wäre sie aus Stahl. Dann standen alle eine schreckliche Minute lang reglos da, starrten zu den Augen und dem Maul des Ungeheuers empor und fragten sich bange, wo es sich wohl herabstürzen mochte.

Aber es stürzte sich nicht herab. Am Mast, in der Höhe der Rah, schoß sein Kopf über das Schiff. Jetzt ragte er genau neben der Kampfplattform auf. Die Schlange reckte sich immer weiter vorwärts, bis ihr Kopf schließlich über der Steuerbordwand schwebte. Dann bewegte sich ihr Kopf wieder nach unten – nicht auf das bevölkerte Deck zu, sondern ins Wasser. Dadurch ruhte das ganze Schiff unter dem nach oben gewölbten Schlangenleib. Und fast sofort begann dieser Bogen kleiner zu werden: auf der Steuerbordseite lag die Seeschlange schon fast auf der Bordwand der Morgenröte auf.

Eustachius (der sich wirklich sehr angestrengt hatte, sich zu bessern, bis ihn der Regen und das Schachspielen wieder in sein altes Verhalten zurückgeworfen hatten) zeigte jetzt die erste mutige Tat seines Lebens. Er trug ein Schwert, das ihm Kaspian geliehen hatte. Sobald der Körper der Schlange auf der Steuerbordseite in Reichweite war, sprang er auf die Bordwand und begann mit aller Kraft, auf den Schlangenkörper einzuhacken. Es stimmt zwar, daß er dadurch nichts erreichte, abgesehen davon, daß er Kaspians zweitbestes Schwert ruinierte, aber für einen Anfänger war es immerhin eine schöne Leistung.

Die anderen hätten ihm beigestanden, wenn nicht Riepischiep in diesem Moment gerufen hätte: „Nicht kämpfen! Schieben!" Es war so ungewöhnlich, daß die Maus befahl, nicht zu kämpfen, daß sich ihr selbst in diesem schrecklichen Moment alle Augen zuwandten. Und als Riepischiep vor der Schlange auf die Reling sprang und sich mit seinem kleinen pelzigen Rücken gegen den riesigen, schuppigen und schlüpfrigen Körper stemmte und mit aller Kraft preßte, begriffen viele, was er meinte, und verteilten sich auf beiden Seiten des Schiffes, um das gleiche zu tun. Und als einen Augenblick später der Kopf der Schlange wieder erschien – diesmal an der Backbordseite und mit dem Rücken zu ihnen –, da verstanden es alle.

Das Ungeheuer hatte sich zu einer Schleife um die *Morgenröte* gelegt und begann jetzt, die Schleife festzuziehen. Sobald die Schleife festgezogen war – schwupp –, würde das Schiff, zu hundert Einzelteilen zerbrochen, dahintreiben, und die Seeschlange könnte einen nach dem anderen aus dem Wasser fischen. Die einzige Möglichkeit war, die Schleife nach hinten zu schieben, bis sie über das Heck glitt; oder – so könnte man es auch ausdrücken – das Schiff nach vorne aus der Schleife herauszuschieben.

Allein hätte Riepischiep natürlich genausogut versuchen können, eine Kathedrale anzuheben, aber er hatte sich in seiner Anstrengung schon fast umgebracht, bevor ihn die anderen zur Seite stießen. Schon bald stand die ganze Schiffsmannschaft außer Lucy und der Maus (die war nämlich bewußtlos) in zwei langen Reihen an den beiden Bordwänden entlang. Jeder Mann stand mit der Brust gegen den Rücken seines Vordermannes gepreßt, so daß die ganze Last auf dem letzten Mann ruhte. Alle schoben um ihr Leben. Ein paar schreckliche Sekunden lang (die ihnen wie Stunden vorkamen) schien nichts zu geschehen. Gelenke knackten, Schweiß tropfte, keuchend wurde der Atem ausgestoßen. Dann spürten sie, daß das Schiff sich bewegte. Sie sahen, daß die Schlangenschleife weiter vom Mast entfernt war als zuvor. Aber sie sahen auch, daß die Schleife kleiner geworden war. Und jetzt drohte eine weitere Gefahr. Konnten sie die Schleife über das Achterdeck hinwegschieben, oder war sie schon zu eng? Ja. Sie paßte gerade noch darüber. Sie ruhte auf dem Geländer des Achterdecks. Ein Dutzend Männer oder mehr stürzten auf das Achterdeck. Jetzt ging es viel besser. Der Körper der Seeschlange lag nun so tief, daß die Männer sich nebeneinander aufstellen und Seite an Seite schieben konnten. Sie begannen Hoffnung zu schöpfen, bis ihnen das hochgezogene geschnitzte Heck, der Drachenschwanz, einfiel. Es war völlig unmöglich, das Ungeheuer darüber hinwegzuschieben.

„Eine Axt!" schrie Kaspian heiser. „Und weiterschieben!" Lucy, die auf dem Hauptdeck stand und zum Achterdeck hinaufschaute, hörte ihn. Sie wußte, wo alles verstaut war. In Sekundenschnelle war sie unter Deck, ergriff die Axt und raste die Leiter zum Achterdeck hinauf. Aber gerade als sie oben ankam, erklang ein lautes Krachen wie von einem umfallenden Baum. Das Schiff wankte und schoß vorwärts. Denn im selben Augenblick war der ganze geschnitzte Teil des Hecks abgebrochen, und das Schiff war frei – entweder weil sie die Seeschlange so fest geschoben hatten oder weil diese törichterweise beschlossen hatte, die Schleife zuzuziehen.

Die anderen waren zu erschöpft, um zu sehen, was Lucy sah. Dort, ein paar Meter hinter dem Schiff, wurde die Schleife des Seeschlangenkörpers immer kleiner und verschwand im aufspritzenden Wasser. Lucy behauptete hinterher, sie hätte auf dem Gesicht des Ungeheuers einen Ausdruck von idiotischer Befriedigung gesehen. (Aber natürlich war sie in diesem Augenblick sehr aufgeregt, und vielleicht bildete sie sich das nur ein.) Doch es ist sicher, daß die Seeschlange ein sehr dummes Tier war, denn anstatt das Schiff zu verfolgen, drehte sie den Kopf nach hinten und beschnupperte ihren ganzen Körper, als erwarte sie, dort das Wrack der *Morgenröte* zu finden. Aber die *Morgenröte* segelte vor einem frischen Wind und war schon weit weg. Die Männer lagen und saßen keuchend und stöhnend an Deck, bis sie in der Lage waren, über das Abenteuer zu reden und dann auch darüber zu lachen. Und als ein wenig Rum verteilt worden war, erklang sogar ein Hurraruf. Alle lobten den Mut von Eustachius (obwohl er nichts genutzt hatte) und den von Riepischiep.

Danach segelten sie drei Tage lang weiter, ohne etwas zu sehen außer Meer und Himmel. Am vierten Tag drehte der Wind nach Norden, und die Wellen wurden höher. Bis zum Nachmittag war der Wind schon fast zum Sturm geworden. Aber zu dieser Zeit sichteten sie Land in Richtung Backbord.

„Wenn Ihr gestattet, Herr", sagte Drinian, „werden wir versuchen, in den Windschatten der Insel zu rudern und dort vor Anker zu liegen, bis der Sturm vorbei ist."

Kaspian stimmte zu. Aber sie mußten mühsam gegen den Sturm rudern, und so erreichten sie die Insel erst am Abend. Im letzten Licht des Tages steuerten sie in einen natürlichen Hafen und ankerten. Doch in dieser Nacht ging keiner an Land. Am Morgen fanden sie sich in der grünen Bucht einer zerklüfteten, einsamen Insel, die sich zu einem felsigen Gipfel erhob. Aus dem windigen Norden hinter dem Gipfel wurden rasch Wolken angetrieben. Sie ließen das Boot ab und beluden es mit all den Wasserfässern, die inzwischen leer waren.

„In welchem Bach sollen wir Wasser fassen, Drinian?“ fragte Kaspian, als er im Heck des Bootes Platz nahm. „Es scheint zwei Bäche zu geben, die in die Bucht münden.“

„Es macht nicht viel Unterschied, Herr“, sagte Drinian. „Aber ich glaube, der Bach in Richtung Steuerbord, dort im Osten, liegt näher.“

„Es fängt an zu regnen!“ bemerkte Lucy.

„Und ob!“ bestätigte Edmund, denn es hatte schon angefangen, kräftig zu schütten. „Ich würde vorschlagen, zu dem anderen Bach zu rudern. Dort gibt es Bäume, und wir können uns unterstellen.“

„Ja, das sollten wir tun“, sagte Eustachius. „Wir brauchen nicht nasser zu werden als unbedingt nötig.“

Doch Drinian steuerte unentwegt nach steuerbord, so wie starrköpfige Autofahrer, die mit sechzig Stundenkilometern weiterfahren, während man ihnen erklärt, daß sie falsch gefahren sind.

„Mein Freund hat recht, Drinian“, sagte Kaspian. „Warum wendet Ihr nicht und haltet auf den westlichen Bach zu?“

„Wie Eure Majestät wünscht“, entgegnete Drinian kurz angebunden. Von Landratten ließ er sich nicht gerne Ratschläge erteilen. Aber er änderte den Kurs, und später stellte sich heraus, daß er damit gut beraten gewesen war.

Ehe sie mit dem Wasserfassen fertig waren, hatte der Regen aufgehört, und Kaspian, Eustachius, Edmund, Lucy und Riepischiep faßten den Entschluß, zur Bergspitze hochzusteigen und sich umzuschauen. Es war eine anstrengende Kletterei durch grobes Gras und Heidekraut. Sie sahen keine Menschenseele und auch keine Tiere, abgesehen von ein paar Seemöwen. Als sie die Spitze erreichten, stellten sie fest, daß es nur eine kleine Insel war, die sich höchstens über zwanzig Morgen erstreckte. Von dieser Höhe sah das Meer größer und verlassener aus als vom Deck und selbst von der Kampfplattform der *Morgenröte* aus.

„Es ist verrückt“, sagte Eustachius leise zu Lucy und blickte zum östlichen Horizont. „Wir segeln und segeln weiter und haben keine Ahnung, wohin uns das führt.“ Aber er sagte das nur aus einer alten Gewohnheit heraus, und er meinte es nicht so böse wie noch vor einiger Zeit.

Es war zu kalt, um lange auf dem Bergkamm zu bleiben, denn der Wind blies noch immer kräftig von Norden.

„Laßt uns auf einem anderen Weg zurücklaufen“, sagte Lucy, als sie sich zum Gehen wandten. „Laßt uns noch ein Stück weitergehen und zu dem anderen Bach hinunterklettern, zu dem Drinian rudern wollte.“

Alle waren einverstanden, und nach etwa fünfzehn Minuten erreichten sie den Ursprung des anderen Baches. Es war eine interessantere Gegend, als sie erwartet hatten. Sie befanden sich an einem tiefen kleinen Bergsee, der – bis auf einen schmalen Durchlaß an der dem Meer zugewandten Seite, durch den das Wasser abfloß – ringsum von Felsen eingerahmt war. Hier war es endlich windstill, und so setzten sie sich über den Felsen ins Heidekraut, um sich auszuruhen.

Alle setzten sich, und nur einer (es war Edmund) sprang rasch wieder auf.

„Scharfkantige Steine gibt es hier auf der Insel!“ rief er und suchte im Heidekraut herum. „Wo ist denn das blöde Ding? … Ach, da ist es … Hoppla! Es ist gar kein Stein – es ist eine Schwertschneide. Nein, ach du liebe Güte, es ist ein ganzes Schwert oder zumindest das, was der Rost übriggelassen hat! Es muß schon ewig hier liegen!“

„Und ist sogar narnianisch, so, wie es aussieht“, sagte Kaspian, als sie es alle umstanden.

„Ich sitze auch auf etwas“, sagte Lucy. „Auf etwas Hartem.“ Es entpuppte sich als die Überreste eines Harnischs. Inzwischen krochen alle auf Händen und Füßen herum und tasteten in allen Richtungen das dichte Heidekraut ab. Nach und nach kam folgendes zum Vorschein: ein Helm, ein Dolch und ein paar Münzen – keine kalormenischen Kreszents, sondern original narnianische „Löwen“ und „Bäume“, wie man sie jeden Tag auf dem Marktplatz von Biberdamm oder Beruna sieht.

„Scheint so, als wäre das alles, was von einem unserer sieben Lords übriggeblieben ist“, sagte Edmund.

„Das habe ich auch gerade gedacht“, sagte Kaspian. „Welcher von ihnen es wohl gewesen sein mag? Auf dem Dolch ist nichts, woran man es erkennen könnte. Ich frage mich, wie er wohl gestorben ist.“

„Und wie wir ihn rächen können“, fügte Riepischiep hinzu.

Edmund, der einzige der Gruppe, der schon mehrere Kriminalromane gelesen hatte, hatte in der Zwischenzeit nachgedacht.

„Schaut mal!“ sagte er. „Irgend etwas an dieser Sache ist sehr eigenartig. Er kann nicht im Kampf gestorben sein.“

„Warum nicht?“ fragte Kaspian.

„Keine Knochen“, sagte Edmund. „Ein Feind würde vielleicht die Rüstung mitnehmen und den Körper liegen lassen. Aber hat schon irgend jemand etwas davon gehört, daß der Sieger in einem Kampf den Körper wegträgt und die Rüstung liegen läßt?“

„Vielleicht ist er von einem wilden Tier getötet worden?“ schlug Lucy vor.

„Das müßte aber ein kluges Tier sein“, sagte Edmund, „wenn es einem Mann erst den Harnisch auszieht.“

„Vielleicht war es ein Drache?“ schlug Kaspian vor.

„Unmöglich“, entgegnete Eustachius. „Ein Drache kann das nicht. Ich muß es ja schließlich wissen.“

„Laßt uns auf jeden Fall von hier weggehen“, meinte Lucy. Seit Edmund die Sache mit den Knochen angesprochen hatte, war ihr die Lust vergangen, sich hinzusetzen.

„Wenn du meinst“, sagte Kaspian und stand auf. „Ich glaube nicht, daß es sich lohnt, von diesen Sachen etwas mitzunehmen.“

Sie kletterten hinab zu dem kleinen Durchlaß, wo der Bach aus dem Teich trat, und schauten auf das tiefe, rundum von Felsen eingerahmte Wasser. Wenn es heiß gewesen wäre, dann wären einige bestimmt in Versuchung geraten, ein Bad zu nehmen, und alle hätten getrunken. Eustachius wollte sich gerade hinabbeugen und ein wenig Wasser mit den Händen herausschöpfen, als Riepischiep und Lucy im gleichen Moment riefen: „Schaut!“ So vergaß er das Trinken und schaute.

Der Grund des Sees bestand aus großen graublauen Steinen, und das Wasser war vollkommen klar. Auf dem Grund lag eine lebensgroße Männergestalt, die offensichtlich aus Gold war. Sie lag mit dem Gesicht nach unten und hatte die Arme über den Kopf gestreckt. Und gerade als sie ihn anschauten, teilten sich die Wolken, die Sonne trat hervor und erleuchtete die goldene Figur in ihrer ganzen Länge. Es war die schönste Statue, die Lucy jemals gesehen hatte.

„Meine Güte!“ Kaspian stieß einen Pfiff aus. „Der weite Weg hat sich doch gelohnt! Ob wir sie wohl herausbekommen?“

„Wir können danach tauchen, Herr“, sagte Riepischiep.

„Das geht nicht“, wandte Edmund ein. „Zumindest nicht, wenn es tatsächlich Gold – massives Gold – ist. Dann ist es viel zu schwer. Und dieser Teich ist mindestens vier oder fünf Meter tief. Aber Moment mal! Gut, daß ich einen Jagdspeer mitgenommen habe. Laßt sehen, wie tief es hier wirklich ist. Halte meine Hand fest, Kaspian, während ich mich vorbeuge.“

Kaspian nahm seine Hand, und Edmund lehnte sich vor und begann, seinen Spieß ins Wasser hinabzulassen.

Bevor er noch zur Hälfte verschwunden war, sagte Lucy: „Ich glaube nicht, daß die Statue aus Gold ist. Es ist nur das Licht. Dein Speer hat genau die gleiche Farbe.“

„Was ist los?“ fragten mehrere Stimmen auf einmal, denn Edmund hatte den Speer ganz plötzlich losgelassen.

„Ich konnte ihn nicht mehr halten“, keuchte Edmund. „Er schien plötzlich so *schwer* zu sein.“

„Da liegt er jetzt auf dem Grund“, sagte Kaspian. „Und Lucy hat recht. Er hat genau die gleiche Farbe wie die Statue.“

Edmund, der offensichtlich mit seinen Stiefeln Schwierigkeiten hatte – er bückte sich gerade und untersuchte sie –, richtete sich plötzlich auf und rief mit scharfer Stimme:

„Zurück! Weg vom Wasser! Alle! Sofort!“

Sie gehorchten und starrten ihn an.

„Seht her!“ sagte Edmund. „Schaut euch die Spitzen meiner Stiefel an!“

„Sie sehen ein bißchen gelblich aus“, begann Eustachius.

„Sie sind ganz und gar golden!“ unterbrach Edmund. „Schaut sie euch an! Befühlt sie! Das Leder hat sich schon abgelöst. Und sie sind so schwer wie Blei.“

„Bei Aslan!“ rief Kaspian. „Du willst doch wohl nicht sagen …“

„Doch, das will ich“, sagte Edmund. „Das Wasser verwandelt die Dinge in Gold. Es hat den Speer in Gold verwandelt, deshalb wurde er so schwer. Es ist lediglich gegen meine Füße geschwappt (glücklicherweise war ich nicht barfuß!), und schon haben sich die Stiefelspitzen in Gold verwandelt. Und dieser arme Kerl am Grund – na ja, ihr könnt euch ja vorstellen, was mit ihm geschehen ist.“

„Also ist es gar keine Statue“, sagte Lucy leise.

„Nein. Jetzt ist alles klar. Er war an einem heißen Tag hier. Er hat sich oben auf den Felsen ausgezogen – dort, wo wir gesessen haben. Die Kleider sind zerfallen, oder die Vögel haben sie mitgenommen, um ihr Nest damit auszupolstern; die Rüstung ist noch da. Dann ist er ins Wasser gesprungen und …“

„Hör auf!“ sagte Lucy. „Wie schrecklich!“

„Um ein Haar hätte es uns auch erwischt", sagte Edmund.

„Sehr richtig", meinte Riepischiep. „Jedermanns Finger, jedermanns Schnurrbart oder jedermanns Schwanz hätte jederzeit mit dem Wasser in Berührung kommen können."

„Wir können es trotzdem einmal nachprüfen", schlug Kaspian vor. Er bückte sich und riß ein Büschel Heidekraut aus. Dann kniete er sich sehr vorsichtig an den Teich und tauchte es ein. Das Heidekraut, das er herauszog, war aus reinstem Gold und so schwer und so weich wie Blei.

„Der König, dem diese Insel gehörte, wäre schon bald der reichste König dieser Welt", sagte Kaspian langsam, und sein Gesicht wurde ganz rot, während er sprach. „Ich erkläre diese Insel hiermit als zu Narnia gehörig. Sie soll den Namen Goldwasserinsel erhalten. Ich verlange absolutes Stillschweigen von euch. Keiner darf davon wissen. Nicht einmal Drinian – jede Zuwiderhandlung wird mit dem Tode bestraft!"

„Wem sagst du das eigentlich?" fragte Edmund. „Ich bin keiner deiner Untertanen. Eher ist es umgekehrt. Ich bin einer der vier Könige von Narnia, und du stehst unter dem Eid meines Bruders, des höchsten Königs."

„So weit ist es also gekommen, König Edmund!" sagte Kaspian und legte die Hand auf den Griff seines Schwertes.

„Oh, hört auf, alle beide!" rief Lucy. „Das ist das Schlimmste, wenn man mit Jungen etwas unternimmt. Ihr seid alle angeberische und brutale Idioten – oooh! …" Ihre Stimme verwandelte sich in ein Keuchen. Und alle anderen sahen ebenfalls, was sie sah.

Über dem grauen Berg vor ihnen – er war grau, weil das Heidekraut noch nicht blühte –, geräuschlos und ohne sie anzusehen und so strahlend, als wäre er in leuchtendes Sonnenlicht gebadet, obwohl die Sonne untergegangen war, ging langsam der größte Löwe entlang, den je ein menschliches Auge erblickt hat. Später sagte Lucy: „Er war so groß wie ein Elefant“, und ein anderes Mal sagte sie nur: „So groß wie ein Kutschergaul.“ Aber auf die Größe kam es nicht an. Niemand wagte zu fragen, wer das gewesen sein mochte. Sie wußten, daß es Aslan gewesen war.

Keiner von ihnen sah, wohin er ging. Sie blickten einander an wie Leute, die eben aus tiefem Schlaf erwachen.

„Worüber haben wir geredet?“ fragte Kaspian. „Habe ich mich furchtbar schlecht benommen?“

„Herr“, sagte Riepischiep. „Dies ist ein Ort, auf dem ein Fluch liegt. Laßt uns sofort an Bord zurückkehren. Und wenn mir die Ehre zukäme, dieser Insel einen Namen zu geben, dann würde ich sie Todeswasserinsel nennen.“

„Das scheint mir ein sehr guter Name zu sein, Riep“, sagte Kaspian. „Obwohl ich nicht weiß warum, wenn ich mir's recht überlege. Aber das Wetter scheint sich zu beruhigen, und ich nehme an, daß Drinian gerne aufbrechen würde. Wir werden ihm eine Menge zu erzählen haben!“

Aber in Wirklichkeit hatten sie nicht viel zu erzählen, denn ihre Erinnerung an die letzte halbe Stunde war ganz verschwommen.

„Ihre Majestäten schienen alle ein wenig behext zu sein, als sie an Bord kamen“, sagte Drinian ein paar Stunden später zu Rhince, als die *Morgenröte* wieder unter Segel stand und die Todeswasserinsel hinter dem Horizont verschwunden war. „Irgend etwas ist ihnen dort zugestoßen. Das einzige, was ich begriffen habe, ist, daß sie den Körper von einem dieser Lords gefunden haben, die wir suchen.“

„Was Ihr nicht sagt, Kapitän“, antwortete Rhince. „Das macht also drei. Jetzt sind es nur noch vier. Wenn wir mit dieser Geschwindigkeit weitermachen, dann wäre es möglich, daß wir schon bald nach Neujahr zu Hause sind. Und das trifft sich gut. Mein Tabak wird langsam ein wenig knapp! Gute Nacht, Herr.“

DIE INSEL DER STIMMEN

Jetzt begann der Wind, der so lange von Nordwesten gekommen war, aus Westen zu blasen, und jeden Morgen, wenn die Sonne aus dem Meer aufstieg, stand der geschwungene Bug der *Morgenröte* genau vor der Sonne. Manche meinten, die Sonne sähe größer aus als in Narnia, aber manche waren anderer Ansicht. Und sie segelten und segelten vor einem sanften, aber beständigen Wind und sahen weder Fische noch Möwen noch Schiffe noch Land. Die Vorräte wurden wieder knapp, und in ihrem Herzen begann sich der Gedanke zu regen, daß sie vielleicht in einem Meer angelangt waren, das sich endlos weit erstreckte. Aber als der allerletzte Tag anbrach, an dem sie es riskieren konnten, ihre Reise in Richtung Osten fortzusetzen, tauchte genau vor ihnen ein flaches Eiland auf, das wie eine Wolke dalag.

Gegen Nachmittag liefen sie in eine breite Bucht ein. Die Insel war völlig andersartig als alles, was sie bisher gesehen hatten. Als sie den sandigen Strand überquert hatten, fanden sie alles still und leer vor, als wäre die Insel unbewohnt. Doch vor ihnen lagen ebene Rasenflächen, deren Gras so weich und so kurz war wie das eines englischen Herrschaftshauses mit zehn Gärtnern. Die vielen Bäume standen alle weit voneinander, und weder abgebrochene Äste noch Blätter lagen am Boden. Ab und zu gurrte eine Taube, aber sonst war kein Geräusch zu hören.

Schließlich kamen sie zu einem langen geraden, sandigen Pfad, auf dem kein einziges Unkraut wuchs und der rechts und links von Bäumen gesäumt war. Weit vor ihnen am Ende der Allee sahen sie ein Haus – es war sehr lang und grau und lag still in der Nachmittagssonne da.

Gleich nachdem sie den Pfad betreten hatten, bemerkte Lucy, daß sie einen Stein im Schuh hatte. In dieser unbekannten Gegend wäre es vielleicht klüger gewesen, die anderen zu bitten, auf sie zu warten, bis sie den Stein herausgeholt hatte. Aber sie tat es nicht. Sie ließ die anderen vorausgehen und setzte sich nieder, um den Schuh auszuziehen. Im Schnürsenkel war ein Knoten.

Bevor sie den Knoten gelöst hatte, waren die anderen schon ein gutes Stück vor ihr. Als sie den Stein herausgenommen und den Schuh wieder angezogen hatte, konnte sie ihre Freunde schon nicht mehr hören. Aber statt dessen hörte sie etwas anderes. Dieses Geräusch kam nicht vom Haus her.

Sie hörte ein Stampfen. Es klang so, als würden ein Dutzend starke Arbeiter mit großen, hölzernen Schlegeln so fest wie möglich auf den Boden schlagen. Und das Geräusch kam schnell näher. Sie saß mit dem Rücken gegen einen Baum gelehnt da, und weil sich der Baum zum Hinaufklettern nicht eignete, blieb ihr wirklich nichts anderes übrig, als mucksmäuschenstill gegen den Baum gepreßt sitzen zu bleiben und zu hoffen, man möge sie nicht bemerken.

Bumm, bumm, bumm … und was immer es auch sein mochte, es mußte jetzt sehr nah sein, denn sie spürte, wie unter ihr der Boden bebte. Aber sie konnte nichts sehen. Sie hatte das Gefühl, das Ding – oder die Dinge – müßten dicht hinter ihr sein. Aber dann erklang das Stampfen genau vor ihr auf dem Pfad. Jetzt sah sie auch, wie der Sand aufstob, als hätte man ihm einen schweren Schlag versetzt. Aber sie konnte nichts sehen, was den Schlag ausgeführt haben könnte. Dann versammelten sich die Stampfgeräusche etwa fünf Meter vor ihr und hörten plötzlich auf. Und dann erklang eine Stimme.

Es war wirklich ganz schrecklich, denn sie konnte noch immer nichts sehen. Das ganze parkähnliche Gelände sah genauso ruhig und leer aus wie nach ihrer Landung. Trotzdem erklang nur ein paar Meter vor ihr eine Stimme. Und diese Stimme sagte:

„Kameraden, jetzt ist unsere Chance gekommen!"

Ein ganzer Chor von anderen Stimmen antwortete: „Hört! Hört! Jetzt ist unsere Chance gekommen! Sehr gut, Boß! Ein wahres Wort!"

„Was ich sagen wollte, ist folgendes", fuhr die erste Stimme fort. „Wir gehen hinunter zum Strand und stellen uns zwischen sie und ihr Schiff. Und daß mir jeder von euch eine Waffe hat! Dann schnappen wir sie, wenn sie ablegen wollen!"

„Ah, so ist es richtig!" riefen die anderen Stimmen. „Du hast dir noch nie einen besseren Plan ausgedacht, Boß! Mach weiter so, Boß! Du könntest keinen besseren Plan schmieden!"

„Strengt euch an, Kameraden, strengt euch an!" sagte die erste Stimme. „Los geht's!"

„Ganz richtig, Boß", sagten die anderen. „Du hättest uns keinen besseren Befehl erteilen können. Genau dasselbe wollten wir gerade auch sagen. Los geht's!"

Sofort begann wieder das Stampfen – zuerst sehr laut, dann immer leiser und leiser, bis es in Richtung Meer verklang.

Lucy wußte, daß sie keine Zeit hatte, sitzen zu bleiben und zu überlegen, was dies wohl für unsichtbare Geschöpfe sein mochten. Sobald das Stampfen verklungen war, stand sie auf und rannte den Pfad entlang ihren Freunden hinterher, so schnell ihre Beine sie trugen. Sie mußten gewarnt werden, koste es, was es wolle.

In der Zwischenzeit hatten die anderen das Haus erreicht. Es war ein niedriges einstöckiges Gebäude aus Steinen in einer schönen sanften Farbe. Es war teilweise mit Efeu bewachsen, und es hatte viele Fenster. Alles war so still, daß Eustachius sagte: „Ich glaube, es steht leer." Doch Kaspian deutete wortlos auf die Rauchsäule, die aus dem Kamin aufstieg.

Sie fanden ein breites, offenstehendes Tor und gingen hindurch in den gepflasterten Hof. Und hier sahen sie das erste Anzeichen dafür, daß auf dieser Insel etwas Eigenartiges vor sich ging. Mitten im Hof stand eine Pumpe, und darunter stand ein Eimer. Doch das war es nicht, was so eigenartig war. Der Pumpenschwengel ging auf und ab, obwohl niemand ihn zu bewegen schien!

„Hier ist Zauberei am Werk", sagte Kaspian.

„Maschinen", meinte Eustachius. „Ich glaube, wir sind endlich in einem zivilisierten Land angekommen."

In diesem Augenblick kam Lucy erhitzt und atemlos in den Hof gerannt. Mit leiser Stimme versuchte sie ihnen klarzumachen, was sie mit angehört hatte. Und als sie es mehr oder weniger verstanden hatten, sah auch der Mutigste unter ihnen nicht mehr sehr glücklich aus.

„Unsichtbare Feinde", brummte Kaspian. „Und sie wollen uns den Weg zum Schiff abschneiden. Das ist eine schlimme Geschichte."

„Du hast keine Ahnung, was für eine Art Geschöpfe es sind, Lu?" fragte Edmund.

„Woher soll ich das wissen, Ed, wo ich sie doch nicht sehen konnte?"

„Haben sich ihre Schritte wie die von Menschen angehört?"

„Ich habe keine Schritte gehört, nur Stimmen und dieses schreckliche Dröhnen und Stampfen – wie von Schlegeln!"

„Ich frage mich", sagte Riepischiep, „ob sie sichtbar werden, wenn man sie mit einem Schwert durchbohrt?"

„Es sieht so aus, als würden wir das bald erfahren", entgegnete Kaspian. „Aber wir sollten besser hinausgehen! Dort an der Pumpe steht einer von diesem Pack, und er hört jedes Wort, das wir sagen."

Sie gingen hinaus und auf den Pfad zurück, wo sie durch die Bäume vielleicht ein wenig geschützt waren. „Nicht, daß uns das viel nützt", sagte Eustachius, „wenn man sich vor Leuten versteckt, die man nicht sehen kann. Vielleicht sind sie überall um uns herum."

„Nun, Drinian", sagte Kaspian. „Wie wäre es denn, wenn wir das Boot aufgeben, an eine andere Stelle der Bucht gehen und der *Morgenröte* signalisieren würden, uns dort an Bord zu nehmen?"

„Die Bucht ist zu flach für die *Morgenröte*, Herr", wandte Drinian ein.

„Wir könnten schwimmen", schlug Lucy vor.

„Eure Majestäten", sagte Riepischiep. „Hört zu! Es ist eine Torheit, anzunehmen, man könne einem unsichtbaren Feind aus dem Weg gehen, indem man herumschleicht und sich versteckt. Wenn uns diese Geschöpfe in einen Kampf verwickeln wollen, gelingt ihnen das auch. Und was immer auch passieren mag – ich trete ihnen lieber von Angesicht zu Angesicht gegenüber, als daß ich mich von hinten überraschen lasse."

„Ich glaube, diesmal hat Riep wirklich recht", sagte Edmund.

„Wenn Rhince und die anderen von der *Morgenröte* aus sehen, daß wir an Land kämpfen, dann können sie doch sicher *irgend etwas* unternehmen!" wandte Lucy ein.

„Aber sie werden uns nicht kämpfen sehen, wenn sie den Feind nicht sehen können", sagte Eustachius unglücklich. „Sie werden denken, wir fuchteln nur so zum Spaß mit den Schwertern herum."

Alle schwiegen betroffen.

„Nun", meinte Kaspian schließlich. „Laßt uns beginnen! Wir müssen ihnen gegenübertreten. Schüttelt euch die Hände, leg den Pfeil an, Lucy, und die anderen ziehen das Schwert – und dann los! Vielleicht können wir mit ihnen verhandeln."

Es war eigenartig, auf dem Marsch zum Strand die friedlich daliegenden Bäume und Rasenflächen zu sehen. Und als sie am Ufer ankamen und das große Boot sahen, das noch immer dort lag, wo sie es zurückgelassen hatten, und den glatten, völlig menschenleeren Sand, da fragten sie sich, ob sich Lucy nicht alles nur eingebildet hatte. Aber noch bevor sie den Sand betraten, erklang eine Stimme.

„Nicht weiter, meine Herren, nicht weiter", sagte die Stimme. „Wir müssen erst mit euch reden. Wir sind über fünfzig Mann, und wir haben alle eine Waffe in der Hand."

„Hört, hört!" erklang ein Chor von Stimmen. „Das ist unser Boß! Man kann sich darauf verlassen, was er sagt. Er sagt die Wahrheit, jawohl, das tut er!"

„Ich sehe keine fünfzig Krieger", bemerkte Riepischiep.

„Das ist richtig, das ist richtig", sagte die Anführerstimme. „Ihr seht uns nicht. Und warum nicht? Weil wir unsichtbar sind."

„Weiter so, Boß, weiter so!" ertönten die anderen Stimmen. „Du sprichst wie ein Buch. Sie hätten keine andere Antwort erwarten können."

„Ruhig, Riep", flüsterte Kaspian und fügte dann etwas lauter hinzu: „Was wollt ihr von uns, ihr unsichtbaren Leute? Und was haben wir getan, daß ihr uns als Feinde gegenübertretet?"

„Wir wollen, daß euer kleines Mädchen etwas für uns tut", entgegnete die Anführerstimme. (Die anderen erklärten, daß dies genau das war, was sie hatten sagen wollen.)

„Kleines Mädchen?" fragte Riepischiep. „Die Dame ist eine Königin."

„Von Königinnen verstehen wir nichts", antwortete die Anführerstimme. („Nein, überhaupt nichts, nein, überhaupt nichts", fielen die anderen ein.) „Aber sie muß etwas für uns tun."

„Und was?“ fragte Lucy.

„Wenn es etwas ist, was gegen die Ehre oder gegen die Sicherheit Ihrer Majestät gerichtet ist“, fügte Riepischiep hinzu, „dann werdet ihr euch wundern, wie viele von euch wir erledigen, bevor wir selber sterben.“

„Nun“, sagte die Anführerstimme. „Es ist eine lange Geschichte. Ich schlage vor, daß wir uns alle hinsetzen.“

Die anderen Stimmen pflichteten diesem Vorschlag begeistert bei, doch die Narnianen blieben stehen.

„Nun“, sagte die Anführerstimme. „Es ist so. Diese Insel ist seit ewigen Zeiten im Besitz eines großen Zauberers. Und wir alle sind – oder vielleicht sollte ich sagen waren – seine Diener. Nun, um es kurz zu machen, dieser Zauberer, von dem ich sprach, befahl uns, etwas zu tun, was wir nicht tun wollten. Da wurde der Zauberer furchtbar wütend, denn ihm gehörte die Insel, und er war nicht an Widerspruch gewöhnt. Er fackelte nicht lange, ging hinauf (ihr müßt wissen, daß er all seine Zaubersachen dort oben aufbewahrte, und wir wohnten unten), also er ging hinauf und legte einen Fluch auf uns. Einen Fluch, der uns häßlich gemacht hat. Wenn ihr uns jetzt sehen könntet – meiner Meinung nach solltet ihr Gott danken, daß ihr das nicht könnt –, dann würdet ihr nicht glauben, wie wir vorher ausgesehen haben. Plötzlich waren wir so häßlich, daß wir uns gegenseitig nicht mehr anschauen mochten. Also was taten wir dann? Nun, ich sage euch, was wir taten. Wir warteten bis zum Nachmittag, bis dieser Zauberer eingeschlafen war, dann schlichen wir todesmutig nach oben zu seinen Zauberbüchern, um herauszufinden, ob wir gegen unsere Häßlichkeit etwas tun könnten. Wir haben alle vor Angst geschlottert, das will ich nicht leugnen. Aber ihr könnt es glauben oder nicht – ich versichere euch, daß wir keinen Zauberspruch fanden, der unsere Häßlichkeit beseitigt hätte. Und da es immer später wurde und wir Angst hatten, der alte Herr könne jede Minute aufwachen – also, kurz und gut, zuletzt fanden wir einen Zauberspruch, der unsichtbar macht, und wir dachten, wir wollten lieber unsichtbar sein, als weiterhin so häßlich zu bleiben. Also sagt mein kleines Mädchen, das etwa genauso alt ist wie euer kleines Mädchen und das ein süßes Kind war, bevor es so häßlich wurde – aber je weniger man darüber spricht, desto besser –, also mein kleines Mädchen sagt den Zauberspruch, denn es muß ein kleines Mädchen sein oder der Zauberer selbst, wenn ihr versteht, was ich meine, denn sonst funktioniert es nicht. Also sagt meine Clipsie den Zauberspruch, und plötzlich waren wir alle so unsichtbar, wie man es sich nur wünschen kann. Und ich versichere euch, daß es eine Erleichterung war, unsere Gesichter nicht mehr sehen zu müssen. Zumindest zuerst. Aber kurz und gut – wir haben mehr als genug davon, unsichtbar zu sein. Und da ist noch etwas. Wir hätten nie gedacht, daß der Zauberer, von dem ich euch vorher erzählt habe, auch unsichtbar werden würde. Aber wir haben ihn seither nicht mehr gesehen. Deshalb wissen wir nicht, ob er tot ist oder ob er droben sitzt und einfach unsichtbar ist, oder ob er herunterkommt und auch da unsichtbar ist. Und glaubt mir, es nutzt nichts zu lauschen, denn er ist schon immer auf bloßen Füßen herumgelaufen und hat nicht mehr Geräusche gemacht als eine große Katze. Und ich sage euch klipp und klar – das ist mehr, als unsere Nerven ertragen können."

Das war die Geschichte der Anführerstimme. Allerdings habe ich sie stark gekürzt und all das, was die anderen Stimmen sagten, weggelassen. In Wirklichkeit bekam der Anführer nie mehr als sechs oder sieben Worte heraus, bevor die anderen ihn mit zustimmenden und ermutigenden Worten unterbrachen, was die Narnianen vor Ungeduld fast zur Verzweiflung trieb. Als er geendet hatte, herrschte sehr lange Stille.

„Aber", sagte Lucy schließlich. „Was hat all das mit uns zu tun? Ich verstehe nicht."

„Oh, meine Güte, ich habe doch wohl nicht das Wichtigste weggelassen?“ sagte die Anführerstimme.

„Doch, das hast du, doch, das hast du!“ riefen die anderen Stimmen voller Begeisterung. „Niemand hätte es klarer und deutlicher weglassen können. Weiter so, Boß, weiter so!“

„Nun, ich brauche wohl nicht noch einmal die ganze Geschichte zu erzählen“, begann die Anführerstimme.

„Nein, natürlich nicht“, sagten Kaspian und Edmund.

„Also, um es in drei Worten zu sagen“, fuhr die Stimme fort. „Wir haben schon ewig auf ein nettes kleines Mädchen aus der Fremde gewartet – so wie Ihr, Fräuleinchen –, das hinaufgeht zum Zauberbuch und das den Zauberspruch gegen die Unsichtbarkeit findet und ihn dann sagt. Und wir haben alle geschworen, daß wir die ersten Fremden, die auf der Insel landen (wenn sie ein nettes kleines Mädchen dabeihaben, meine ich, denn wenn nicht, dann wäre es wieder etwas anderes), also daß wir sie nicht mehr lebend weglassen würden, außer sie tun das Notwendige für uns. Und deshalb, meine Herren, wenn euer kleines Mädchen nicht tut, was wir verlangen, dann ist es unsere schmerzliche Pflicht, all eure Kehlen zu durchschneiden. Nur weil die Umstände es erfordern, könnte man sagen, und ich hoffe, daß ihr uns das nicht übelnehmt.“

„Ich sehe eure Waffen nicht“, rief Riepischiep. „Sind sie auch unsichtbar?“ Er hatte die Frage kaum beendet, als sie ein Schwirren hörten, und im nächsten Augenblick steckte ein zitternder Speer hinter ihnen in einem der Bäume.

„Das ist ein Speer …“, erklärte die Anführerstimme.

„Das ist richtig, Boß, das ist richtig“, stimmten die anderen zu. „Du hättest es nicht besser ausdrücken können.“

„Und er kam aus meiner Hand“, fuhr die Anführerstimme fort. „Unsere Waffen werden sichtbar, sobald sie unsere Hand verlassen.“

„Aber warum wollt ihr denn, daß *ich* es mache?“ fragte Lucy. „Warum macht es nicht einer von euch? Gibt es unter euch keine Mädchen?“

„Wir nicht, wir nicht“, erklangen alle Stimmen. „Wir gehen nicht mehr hinauf.“

„In anderen Worten“, sagte Kaspian, „verlangt ihr von einer Dame, eine Gefahr auf sich zu nehmen, die ihr euren eigenen Schwestern und Töchtern nicht zumuten wollt?“

„Das stimmt, das stimmt!“ sagten alle Stimmen munter. „Du hättest es nicht besser ausdrücken können.“

„Also das ist doch die Höhe …“, begann Edmund, aber Lucy unterbrach ihn.

„Müßte ich nachts hinaufgehen, oder ginge es auch tagsüber?“

„Oh, tagsüber, tagsüber natürlich“, sagte die Anführerstimme. „Nicht nachts. Das würde keiner von dir verlangen. Im Dunkeln nach oben gehen? Igittigitt!“

„Also gut, ich mache es“, sagte Lucy. „Nein“, fuhr sie, zu den anderen gewandt, fort. „Versucht nicht, mich zurückzuhalten. Seht ihr nicht, daß es keinen Zweck hat? Es sind Dutzende. Wir können nicht gegen sie kämpfen. Und wenn ich es tue, dann haben wir eine Chance.“

„Aber der Zauberer!“ wandte Kaspian ein.

„Ich weiß“, sagte Lucy. „Aber vielleicht ist er nicht so schlimm, wie sie sagen. Habt ihr nicht auch das Gefühl, daß diese Leute nicht allzu mutig sind?“

„Auf jeden Fall sind sie nicht allzu klug“, meinte Eustachius.

„Schau mal, Lu“, sagte Edmund. „Wir können es wirklich nicht zulassen, daß du so etwas tust. Frag mal Riep, ich bin sicher, daß er dasselbe sagen wird.“

„Aber ich tue es, um mein Leben und euer Leben zu retten“, sagte Lucy. „Ich will genausowenig wie ihr von unsichtbaren Schwertern durchbohrt werden.“

„Ihre Majestät hat recht“, sagte Riepischiep. „Wenn wir die Gewißheit hätten, daß wir ihr das durch einen Kampf ersparen könnten, dann wäre es ganz klar, was unsere Pflicht ist. Aber mir scheint, daß wir keinerlei Gewißheit haben. Und das, was von Ihrer Majestät verlangt wird, steht nicht im Widerspruch zu ihrer Ehre, sondern ist eine edle und heroische Tat. Wenn die Königin es mit dem Zauberer aufnehmen möchte, dann will ich nicht dagegen sprechen.“

Da alle wußten, daß Riepischiep vor nichts Angst hatte, konnte er dies sagen, ohne sich im geringsten komisch vorzukommen. Die Jungen dagegen, die alle recht oft Angst hatten, wurden rot. Aber da Riepischieps Vorschlag offensichtlich sehr vernünftig war, mußten sie nachgeben. Als sie ihre Entscheidung bekanntgaben, brachen laute Hurrarufe aus, und die Anführerstimme (kräftig unterstützt von allen anderen) lud die Narnianen zum Abendessen und zum Übernachten ein. Eustachius wollte die Einladung nicht annehmen, aber Lucy sagte: „Ich bin sicher, daß sie nicht hinterhältig sind. Ganz gewiß nicht.“ Die anderen stimmten zu. Und so gingen sie zurück zum Haus, begleitet von lautem Stampfen, das noch lauter wurde, als sie den gepflasterten und hallenden Hof erreichten.

DAS BUCH DES ZAUBERERS

Die unsichtbaren Leute bewirteten ihre Gäste königlich. Es war sehr komisch, mit anzusehen, wie die Teller und die Schüsseln zum Tisch kamen, obwohl man niemanden sah, der sie trug. Es wäre sogar komisch gewesen, wenn die Dinge sich parallel zum Boden bewegt hätten, wie man das von Sachen, die in unsichtbaren Händen getragen wurden, erwartet. Aber das taten sie nicht. Sie bewegten sich hüpfend und springend durch den langen Speisesaal. Am höchsten Punkt der einzelnen Sprünge schwebten die Schüsseln etwa vier Meter über dem Boden; dann kamen sie herunter und hielten ganz plötzlich etwa einen Meter über dem Fußboden an. Wenn die Schüssel so etwas wie Suppe oder Gulasch enthielt, war das Resultat ziemlich entsetzlich.

„Ich werde langsam neugierig", flüsterte Eustachius Edmund zu. „Meinst du, es sind Menschen? Sie kommen mir eher wie große Heuschrecken oder wie riesige Frösche vor."

„So sieht es aus", sagte Edmund. „Aber rede das bloß nicht Lucy ein – sie mag Insekten nicht besonders, vor allem keine großen."

Sie hätten das Mahl viel mehr genossen, wenn es nicht so schrecklich chaotisch verlaufen wäre und wenn die Unterhaltung nicht nur aus Zustimmung bestanden hätte. Die unsichtbaren Leute stimmten allem zu. Tatsächlich waren ihre Bemerkungen meist so gehalten, daß man kaum widersprechen konnte. „Ich sage immer, daß man gerne ißt, wenn man hungrig ist“ oder „Es wird dunkel, wie immer am Abend“, oder sogar: „Oh, ihr seid übers Wasser gekommen. Das ist ein ausgesprochen nasses Zeug, nicht?“ Und Lucy konnte nicht anders, als zu dem dunklen, gähnenden Treppenaufgang hinzuschauen – sie konnte ihn von ihrem Platz aus sehen – und sich zu überlegen, was sie wohl vorfinden würde, wenn sie am nächsten Morgen dort hinaufstieg. Aber davon abgesehen war es eine gute Mahlzeit. Es gab Pilzsuppe, gekochtes Huhn, heißen gekochten Schinken, Stachelbeeren, rote Johannisbeeren, Quark, Sahne, Milch und Met. Die anderen mochten den Met, aber Eustachius bereute hinterher, daß er davon getrunken hatte.

Als Lucy am nächsten Morgen aufwachte, war es so, wie wenn man an einem Tag aufwacht, an dem man eine Prüfung hat oder zum Zahnarzt muß. Es war ein wunderschöner Morgen, die Bienen schwirrten durch das offene Fenster ein und aus, und der Rasen draußen sah aus, als läge er irgendwo in England. Lucy stand auf und zog sich an, und beim Frühstück versuchte sie, zu reden und zu essen wie sonst immer. Dann, nachdem ihr die Anführerstimme alles erklärt hatte, was sie oben tun mußte, verabschiedete sie sich von den anderen, ging schweigend zum Fuß der Treppe und stieg hinauf, ohne einen Blick zurückzuwerfen.

Es war recht hell, und das war gut so. Genau vor ihr, über dem ersten Treppenabsatz, lag ein Fenster. Bis dorthin konnte sie das *Tick-tack-tick-tack* einer Großvateruhr in der Halle unten hören. Doch dann kam sie am Treppenabsatz an und mußte sich nach links zu den nächsten Stufen wenden, und von dort aus hörte sie die Uhr nicht mehr.

Jetzt war sie oben angelangt. Lucy schaute sich um und erblickte einen langen und breiten Flur, an dessen Ende ein Fenster lag. Offensichtlich erstreckte sich der Gang über die ganze Länge des Hauses. Es war mit Schnitzereien verziert, getäfelt, auf dem Boden lag ein Teppich, und an beiden Seiten gingen viele Türen ab. Sie blieb stehen. Es war mucksmäuschenstill. Nicht einmal das Piepsen einer Maus oder das Schwirren einer Fliege oder das Flattern eines Vorhangs war zu hören. Lediglich ihr Herz hörte sie klopfen.

Die letzte Tür links, dachte sie. Es war ziemlich furchtbar, daß es die allerletzte Tür war. Um dorthin zu kommen, mußte sie an allen anderen Türen vorbeigehen. Und in jedem der Zimmer konnte der Zauberer sein – vielleicht schlief er, vielleicht war er wach, vielleicht war er unsichtbar, und vielleicht war er sogar tot. Aber es nutzte nichts, darüber nachzudenken. Sie machte sich auf den Weg. Der Teppich war so dick, daß man ihre Schritte nicht hören konnte.

Bis jetzt gibt es überhaupt nichts, wovor man Angst haben müßte, sagte sich Lucy. Es war tatsächlich ein ruhiger und sonniger Flur; vielleicht ein bißchen zu ruhig. Es wäre angenehmer gewesen, wenn auf den Türen keine so seltsamen, lilafarbenen Zeichen aufgemalt gewesen wären – verschnörkelte und komplizierte Zeichen, die offensichtlich etwas bedeuteten und vielleicht sogar etwas gar nicht so Schönes. Und noch angenehmer wäre es gewesen, wenn diese Masken nicht an der Wand gehangen hätten. Nicht, daß sie richtig häßlich gewesen wären – aber die leeren Augenhöhlen sahen eigenartig aus, und wenn man sich nicht dagegen wehrte, dann begann man sich schon bald einzubilden, sie würden sich bewegen, sobald man ihnen den Rücken zuwandte.

Etwa nach der sechsten Tür bekam sie den ersten richtigen Schreck. Eine Sekunde lang war sie fast sicher, daß ein böses, kleines bärtiges Gesicht aus der Wand aufgetaucht war und ihr eine Grimasse geschnitten hatte. Sie zwang sich, stehenzubleiben und es zu betrachten. Es war überhaupt kein Gesicht. Es war ein kleiner Spiegel, der gerade so groß war wie ihr Gesicht.

Über dem Spiegel war Haar angebracht, darunter hing ein Bart, und wenn man in den Spiegel schaute, dann paßte das Gesicht genau zwischen das Haar und den Bart, und es sah so aus, als gehöre eins zum andern. Ich habe nur im Vorbeigehen aus den Augenwinkeln mein eigenes Gesicht gesehen, sagte sich Lucy. Das war alles. Ganz harmlos. Aber der Anblick ihres Gesichts mit dem Haar und dem Bart gefiel ihr nicht, und so ging sie weiter. (Ich weiß nicht, wofür der bärtige Spiegel war, denn ich bin kein Zauberer.)

Bevor sie die letzte Tür links erreichte, begann Lucy sich zu fragen, ob der Flur inzwischen länger geworden oder ob dies vielleicht ein Teil des Zaubers war, der über dem Haus lag. Aber endlich hatte sie es geschafft. Und die Tür war offen.

Es war ein großer Raum mit drei großen Fenstern. Vom Fußboden bis zur Decke standen Bücher; mehr Bücher, als Lucy jemals zuvor gesehen hatte. Winzig kleine Bücher, dicke und schwere Bücher und Bücher, die größer waren als die größte Kirchenbibel, die ihr je gesehen habt. Alle waren in Leder gebunden und von einem alten, gelehrten und magischen Duft umgeben. Aber von ihren Anweisungen wußte sie, daß sie sich um diese Bücher nicht zu kümmern brauchte. Denn *das* Buch, das Zauberbuch, lag auf einem Lesetisch mitten im Zimmer. Sie sah, daß sie es im Stehen lesen mußte (sowieso gab es keine Stühle) und daß sie beim Lesen mit dem Rücken zur Tür stehen mußte. Sie drehte sich um und wollte die Tür schließen.

Aber die Tür ging nicht zu.

Manche mögen ja anderer Meinung sein, aber ich glaube, daß Lucy recht hatte. Sie sagte, es wäre ihr lieber gewesen, wenn sie die Tür hätte zumachen können, und daß es unangenehm war, an einem solchen Ort zu stehen, mit einer offenen Tür direkt im Rücken. Mir wäre es genauso gegangen. Aber Lucy hatte keine andere Wahl.

Eine Sache, die sie sehr beunruhigte, war die Größe des Buches. Der Anführer hatte ihr nicht sagen können, an welcher Stelle der Zauberspruch stand, mit dem man die Dinge sichtbar machte. Er schien über ihre Frage überrascht zu sein. Er hatte erwartet, sie würde das Buch von vorne an durchblättern, bis sie zur richtigen Stelle kam. Offensichtlich hatte er keine Ahnung, daß es andere Möglichkeiten gab, in einem Buch eine bestimmte Stelle zu finden. Aber da brauche ich ja Tage und Wochen, dachte Lucy mit einem Blick auf das riesige Buch. Und mir kommt es jetzt schon so vor, als wäre ich seit Stunden hier!

Sie ging zum Tisch und legte die Hand auf das Buch. Beim Anfassen spürte sie ein Kitzeln in den Fingerspitzen, als wäre es elektrisch geladen. Sie versuchte, das Buch zu öffnen, doch es gelang ihr nicht gleich. Das lag jedoch daran, daß es mit zwei Bleiklammern verschlossen war, und als sie diese entfernt hatte, ging es ganz leicht auf. Und was für ein Buch es war!

Es war nicht gedruckt, sondern mit der Hand geschrieben, und zwar in einer klaren und gleichmäßigen Handschrift, mit dicken Abstrichen und dünnen Aufstrichen und sehr großen Buchstaben, die leichter zu lesen waren als Druckschrift. Es sah so wunderschön aus, daß Lucy es eine ganze Minute lang anstarrte und das Lesen völlig vergaß. Das Papier war steif und glatt und strömte einen angenehmen Geruch aus. Am Rand und um die großen bunten Buchstaben am Anfang jedes Zauberspruchs herum waren Bilder.

Es gab keine Titelseite und keinen Titel; die Zaubersprüche begannen sofort, und die ersten enthielten auch nichts Wichtiges. Es waren Kuren gegen Warzen (man mußte die Hände bei Mondlicht in einer silbernen Schüssel waschen), gegen Zahnweh und gegen Krämpfe und einen Zauberspruch, um einen Bienenschwarm einzufangen. Das Bild von einem Mann mit Zahnweh war so lebensecht, daß einem die Zähne wehtaten, wenn man es zu lange anschaute, und die goldenen Bienen, die den vierten Zauberspruch einrahmten, sahen einen Moment lang so aus, als flögen sie wirklich.

Lucy konnte sich von dieser ersten Seite kaum losreißen, aber als sie umblätterte, entdeckte sie, daß die nächste Seite genauso interessant war. Aber ich muß weiterblättern, dachte sie. So blätterte sie etwa dreißig Seiten weiter, und wenn sie sich alles gemerkt hätte, dann hätte sie dort lernen können, wie man einen vergrabenen Schatz findet, wie man sich an Dinge erinnert, die man vergessen hat, wie man Dinge vergißt, die man vergessen will, woher man weiß, ob jemand die Wahrheit spricht, wie man Wind, Nebel, Schnee, Hagel oder Regen herbeirufen oder verhüten kann, wie man einen Zauberschlaf einleitet oder wie man einem Mann einen Eselskopf anhext (so, wie das dem armen Bottom in Shakespeares „Sommernachtstraum" passiert ist). Und je länger sie las, desto schöner und wirklicher wurden die Bilder.

Dann kam sie zu einer Seite, die so voll war mit Bildern, daß man die Schrift kaum sehen konnte. Aber die ersten Worte konnte sie lesen. Da hieß es: *Ein unfehlbarer Zauberspruch, der diejenige, die ihn spricht, unendlich schön macht.* Lucy betrachtete die Bilder mit der Nase am Papier. Vorher hatten sie verworren und undeutlich ausgesehen, doch jetzt konnte Lucy sie plötzlich klar erkennen. Auf dem ersten war ein Mädchen abgebildet, das vor einem Lesetisch stand und in einem riesigen Buch las. Und das Mädchen war genauso angezogen wie Lucy. Auf dem nächsten Bild stand Lucy (denn das Mädchen auf dem Bild war sie selbst) mit offenem Mund und einem ziemlich schrecklichen Ausdruck auf dem Gesicht da und sang oder sagte etwas. Auf dem dritten Bild war sie unendlich schön geworden. Wenn man bedenkt, wie klein das Bild zuerst ausgesehen hatte, war es eigenartig, daß die Lucy auf dem Bild jetzt genauso groß zu sein schien wie die wirkliche Lucy; und sie sahen sich gegenseitig in die Augen, und die wirkliche Lucy schaute nach ein paar Minuten weg, weil sie von der Schönheit der anderen Lucy geblendet war, obwohl sie in diesem wunderschönen Gesicht noch immer eine gewisse Ähnlichkeit mit sich selbst entdeckte. Und jetzt erschienen ihr die Bilder klar und rasch hintereinander. Sie sah sich auf einem hohen Thron bei einem Wettbewerb in Kalormen, und alle Könige der Welt kämpften um sie, weil sie so schön war. Dann wandelten sich die Wettbewerbe zu Kriegen, und ganz Narnia und Archenland, Telmar und Kalormen, Galma und Terebinthia lagen kahl durch den Zorn der Könige und Grafen und Herzöge, die um ihre Gunst kämpften. Dann wechselte das Bild, und die noch immer unendlich schöne Lucy war wieder in England. Und Suse (die immer als die Schönheit der Familie gegolten hatte) kam aus Amerika zurück. Die Suse auf dem Bild sah genauso aus wie die wirkliche Suse, nur unscheinbarer und mit einem häßlichen Ausdruck auf dem Gesicht. Suse war eifersüchtig auf die strahlende Schönheit Lucys, aber das machte gar nichts, weil sich jetzt niemand mehr für Suse interessierte.

Ich werde den Zauberspruch sprechen, dachte Lucy. Es ist mir egal. Ich werde es tun. Sie dachte, *es ist mir egal*, weil sie das starke Gefühl hatte, daß sie es nicht tun durfte.

Aber als sie wieder auf die ersten Worte des Zauberspruchs schaute, da sah sie mitten in der Schrift an einer Stelle, wo vorher ganz sicher kein Bild gewesen war, das große Gesicht eines Löwen, *des* Löwen, das Gesicht Aslans, das ihr entgegenstarrte. Es war aus derart strahlendem Gold, daß sie dachte, es bewege sich aus der Buchseite heraus auf sie zu. Tatsächlich war sie sich hinterher nie ganz sicher, ob es sich nicht doch ein wenig bewegt hatte. Auf jeden Fall kannte sie den Ausdruck auf dem Gesicht sehr gut. Der Löwe knurrte, und man konnte fast alle Zähne sehen. Sie bekam furchtbare Angst und blätterte sofort um.

Ein wenig später stieß sie auf einen Zauberspruch, der einem verriet, was die anderen von einem dachten. Lucy hätte den anderen Zauberspruch – der einen unendlich schön machte – furchtbar gerne ausprobiert. Deshalb hatte sie das Gefühl, sie müsse als Entschädigung dafür, daß sie den anderen nicht gesagt hatte, wenigstens diesen Spruch ausprobieren. Sehr schnell, damit sie es sich nicht noch einmal anders überlegte, sprach sie die Worte (aber nichts kann mich dazu bringen, euch den Spruch zu verraten). Dann wartete sie darauf, daß etwas passierte.

Da nichts geschah, begann sie, die Bilder zu betrachten. Und sofort sah sie etwas, was sie zuallerletzt erwartet hätte – ein Bild eines Dritte-Klasse-Abteils im Zug, in dem zwei Schulmädchen saßen. Sie erkannte sie sofort. Es waren ihre Schulfreundinnen Marjorie und Anne. Nur war es jetzt viel mehr als nur ein Bild. Es lebte. Sie konnte sehen, wie die Telegrafenmasten vor dem Fenster vorbeiflogen. Sie sah, daß die beiden Mädchen lachten und redeten. Nach und nach (wie bei einem Radio, das warmläuft) konnte sie hören, was sie sagten.

„Werde ich dich in diesem Schuljahr ab und zu sehen?" fragte Anne. „Oder bist du noch immer so begeistert von dieser Lucy?"

„Ich weiß nicht, was du mit *begeistert* meinst", antwortete Marjorie.

„O doch, das weißt du", sagte Anne. „Im letzten Schuljahr warst du ganz verrückt nach ihr."

„Nein, das war ich nicht", protestierte Marjorie. „So blöde bin ich nicht! Sie ist ja auf ihre Art ganz nett. Aber gegen Ende des Jahres hatte ich ziemlich genug von ihr."

„Dazu werde ich dir keine Gelegenheit mehr geben!" rief Lucy. „Du falsches Biest!" Aber der Klang ihrer eigenen Stimme erinnerte sie lediglich daran, daß sie mit einem Bild sprach und daß die richtige Marjorie weit weg in einer anderen Welt war.

Also, dachte Lucy, das hätte ich nicht von ihr erwartet! Und ich habe so viel für sie getan im letzten Schuljahr und habe zu ihr gehalten, wie das nicht viele von den anderen Mädchen getan hätten. Und das weiß sie auch! Und jetzt sagt sie so etwas – ausgerechnet zu Anne! Ich frage mich, ob alle meine Freundinnen so sind. Da sind noch viele andere Bilder. Nein, ich werde nicht mehr hinschauen. Nein, nein – und mit großer Anstrengung blätterte sie um, aber vorher war noch eine riesige Zornesträne auf die Seite getropft.

Auf der nächsten Seite kam sie zu einem Zauberspruch „zur Belebung des Geistes". Hier gab es weniger Bilder zu sehen, aber die wenigen waren einfach wunderschön. Und das, was Lucy las, war eher wie eine Geschichte als wie ein Zauberspruch. Die Geschichte erstreckte sich über drei Seiten, und bevor sie am Ende der Seite angelangt war, hatte sie vergessen, daß sie las. Sie erlebte die Geschichte, als geschähe sie in Wirklichkeit, und all die Bilder waren ebenfalls wirklich. Als sie auf der dritten Seite angelangt war und zu Ende gelesen hatte, dachte sie: Das ist die schönste Geschichte, die ich jemals gelesen habe oder die ich jemals lesen werde. Oh, ich wollte, ich hätte zehn Jahre lang weiterlesen können. Zumindest will ich sie noch einmal lesen.

Aber hier begann die Zauberkraft des Buches zu wirken. Man konnte nicht zurückblättern. Die rechten Seiten konnte man umblättern; aber die linken Seiten nicht.

O wie schade, dachte Lucy. Ich hätte sie so gerne noch einmal gelesen. Na ja, jedenfalls will ich sie mir merken. Moment … sie handelte von … von … o je, es verblaßt alles! Und selbst der Teil auf dieser letzten Seite verschwindet! Das ist ein sehr seltsames Buch. Wie kann es nur sein, daß ich die Geschichte vergessen habe? Sie handelte von einem Becher und einem Schwert und einem Baum und einem grünen Berg, soviel weiß ich noch. Aber an den Rest kann ich mich nicht mehr erinnern. Was soll ich bloß machen?

Aber es fiel ihr nie mehr ein. Seit jenem Tag empfand Lucy jedesmal ein Glücksgefühl, wenn sie etwas erlebte, was sie an diese vergessene Geschichte im Buch des Zauberers erinnerte.

Sie blätterte um, und zu ihrer Überraschung waren auf dieser Seite überhaupt keine Bilder. Doch die ersten Worte lauteten: *Ein Zauberspruch, um unsichtbare Dinge sichtbar zu machen.* Sie las ihn durch, um sich mit den schwierigen Wörtern vertraut zu machen, dann sagte sie ihn laut vor sich hin. Sie wußte sofort, daß er wirkte, denn während sie sprach, wurden die Großbuchstaben oben auf der Seite farbig, und am Rand tauchten die Bilder auf. Es war, wie wenn etwas, was mit unsichtbarer Tinte geschrieben wurde, nach und nach sichtbar wird. Aber statt die Farbe von Zitronensaft anzunehmen (das ist die einfachste unsichtbare Tinte), wurde hier alles golden und blau und dunkelrot. Es waren eigenartige Bilder, und sie enthielten viele Gestalten, die Lucy nicht allzusehr gefielen. Und dann dachte sie: Ich glaube, ich habe alles sichtbar gemacht, nicht nur die Stampfer. An einem Ort wie hier gibt es ja vielleicht noch viele andere unsichtbare Dinge. Ich bin nicht sicher, daß ich sie alle sehen will.

In diesem Augenblick hörte sie sanfte, schwere Schritte auf dem Korridor hinter sich; und natürlich erinnerte sie sich daran, daß man ihr gesagt hatte, der Zauberer liefe immer auf bloßen Füßen herum und mache nicht mehr Geräusche als eine Katze. Es ist immer besser, sich umzudrehen, statt sich von hinten anschleichen zu lassen, und das tat Lucy. Dann leuchtete ihr Gesicht auf, und einen Moment lang (aber das wußte sie natürlich nicht) sah sie fast so schön aus wie die andere Lucy auf dem Bild, und mit einem kleinen Aufschrei des Entzückens und mit ausgestreckten Armen rannte sie vorwärts. Denn dort in der Tür stand Aslan selbst, der Löwe, der höchste aller Könige. Und er war fest und wirklich und warm, und er ließ es zu, daß Lucy ihn küßte und sich in seiner schimmernden Mähne vergrub. Und an dem leisen erdbebenartigen Geräusch, das aus seinem Innern kam, meinte Lucy sogar zu spüren, daß er schnurrte.

„O Aslan“, sagte sie. „Es ist lieb von dir, daß du gekommen bist.“

„Ich war die ganze Zeit hier“, antwortete er. „Aber du hast mich eben erst sichtbar gemacht.“

„Aslan!“ meinte Lucy fast ein wenig vorwurfsvoll. „Treibe keine Scherze mit mir. Als ob *ich dich* sichtbar machen könnte!“

„Doch, das tatest du“, sagte Aslan. „Glaubst du denn nicht, daß ich meinen eigenen Regeln gehorche?“

Nach einer kleinen Pause redete er weiter.

„Kind“, sagte er. „Ich glaube, du hast gelauscht.“

„Gelauscht?“

„Du hast gehört, was deine beiden Schulfreundinnen über dich gesagt haben.“

„Oh, das meinst du? Ich hätte nie gedacht, daß das Lauschen war, Aslan. War das nicht Zauberei?“

„Wenn man anderen Leuten durch Zauberei nachspioniert, ist das genauso, wie wenn man ihnen sonstwie nachspioniert. Und du hast deine Freundin falsch eingeschätzt. Sie ist schwach, aber sie liebt dich. Sie hatte Angst vor dem älteren Mädchen und hat deshalb etwas gesagt, was gar nicht stimmt.“

„Ich glaube nicht, daß ich jemals vergessen werde, was sie über mich gesagt hat.“

„Nein, das wirst du nicht.“

„O je“, sagte Lucy. „Habe ich jetzt alles verdorben? Meinst du, wir wären weiterhin Freundinnen geblieben, wenn das nicht passiert wäre – wirklich gute Freundinnen, vielleicht fürs ganze Leben –, und daß es jetzt nicht mehr möglich ist?“

„Kind“, sagte Aslan. „Habe ich dir nicht schon einmal erklärt, daß niemand jemals erfährt, was passiert *wäre*?“

„Doch, Aslan, das hast du“, sagte Lucy. „Es tut mir leid. Aber bitte …“

„Rede weiter, mein liebes Herz!“

„Werde ich jemals die Geschichte noch einmal lesen dürfen, die, an welche ich mich nicht mehr erinnern kann? Wirst du sie mir erzählen, Aslan? O bitte, bitte, bitte.“

„Ja, natürlich, ich werde sie dir noch jahrelang erzählen. Aber jetzt komm. Wir müssen den Herrn des Hauses begrüßen.“

DIE TÖLPELBEINER SIND WIEDER GLÜCKLICH

Lucy folgte dem großen Löwen hinaus auf den Flur, und dort sah sie, daß ihnen ein alter Mann entgegenkam. Er war barfuß und mit einer roten Robe bekleidet. Sein weißes Haar war von einem Kranz aus Eichenblättern gekrönt, sein Bart fiel bis auf den Gürtel, und er stützte sich auf einen seltsam geschnitzten Stab. Als er Aslan sah, verbeugte er sich tief und sagte:

„Sei willkommen, Herrscher, im bescheidensten Eurer Häuser."

„Wirst du müde, Koriakin, über diese törichten Geschöpfe zu herrschen, die ich dir überlassen habe?"

„Nein", antwortete der Zauberer. „Sie sind sehr dumm, aber sie tun nichts Böses. Ich fange an, diese Geschöpfe liebzugewinnen. Manchmal bin ich vielleicht ein wenig ungeduldig und sehne den Tag herbei, an dem man mit Weisheit statt mit Zauberei über sie regieren kann."

„Alles zu seiner Zeit, Koriakin", sagte Aslan.

„Ja, alles zu seiner Zeit, Herrscher", war die Antwort. „Habt Ihr vor, Euch den Geschöpfen zu zeigen?"

„Nein", sagte der Löwe mit einem leisen Brummen, das (nach Lucys Meinung) so etwas wie ein Lachen war. „Ich würde sie zu Tode erschrecken. Und heute vor Sonnenuntergang muß ich Trumpkin, den Zwerg, besuchen, der im Schloß von Feeneden sitzt und die Tage zählt, bis sein König, Kaspian, heimkehrt. Ich werde ihm deine Geschichte erzählen, Lucy. Mach kein so trauriges Gesicht. Wir werden uns bald wiedersehen."

„Bitte, Aslan", sagte Lucy. „Was nennst du *bald*?"

„Ich nenne jegliche Zeit *bald*", sagte Aslan. Im selben Augenblick verschwand er, und Lucy blieb mit dem Zauberer allein zurück.

„Weg!" sagte der. „Und wir beide sind ganz niedergeschlagen. So ist es immer – man kann ihn nicht halten. Er ist eben kein *zahmer* Löwe. Und wie hat dir mein Buch gefallen?"

„Teilweise sehr, sehr gut", sagte Lucy. „Wußtest du die ganze Zeit über, daß ich da war?"

„Nun, als ich zuließ, daß die Tölpel sich unsichtbar machten, wußte ich natürlich, daß du bald kommen und den Zauber aufheben würdest. Aber ich wußte nicht genau, an welchem Tag das sein würde. Und heute morgen habe ich nicht richtig aufgepaßt. Weißt du, sie hatten mich ja auch unsichtbar gemacht, und wenn ich unsichtbar bin, dann werde ich immer müde. Uuu-ah – da gähne ich schon wieder. Hast du Hunger?"

„Na ja, vielleicht ein bißchen", sagte Lucy. „Ich habe keine Ahnung, wie spät es ist."

„Komm", sagte der Zauberer. „Für Aslan mag ja jegliche Zeit egal sein; aber in meinem Haus sind die hungrigen Zeiten immer Essenszeiten."

Er führte sie ein Stück den Gang hinunter und öffnete eine Tür. Lucy trat ein und befand sich in einem schönen Zimmer voller Sonnenlicht und Blumen. Als sie hereinkam, war der Tisch leer. Aber auf ein Wort des Zauberers hin erschienen ein Tischtuch, Besteck, Teller, Gläser und Speisen.

„Ich hoffe, daß dir das schmeckt", sagte der Zauberer. „Ich habe versucht, dir Speisen zu servieren, die dem, was du zu Hause ißt, ähnlicher sind als das, was du in letzter Zeit bekommen hast."

„Es ist herrlich“, sagte Lucy. Und das war es auch. Da gab es ein Omelette, noch ganz heiß, kaltes Lammfleisch und grüne Erbsen und zum Nachtisch Stachelbeereis. Zu trinken gab es Limonade und hinterher eine Tasse Schokolade. Der Zauberer selbst trank nur Wein und aß nur Brot. Nichts Beunruhigendes war an ihm, und schon bald unterhielten er und Lucy sich wie alte Freunde.

„Wann wird der Zauberspruch wirken?“ fragte Lucy. „Werden dieTölpel sofort wieder sichtbar werden?“

„O ja, sie sind schon jetzt wieder sichtbar. Aber vermutlich schlafen sie noch; sie halten immer Mittagsschlaf.“

„Wirst du sie jetzt auch von ihrer Häßlichkeit befreien, jetzt, wo sie wieder sichtbar sind? Wirst du sie wieder in das verwandeln, was sie vorher waren ?“

„Nun, das ist eine schwierige Frage“, sagte der Zauberer. „Weißt du, nur sie selbst glauben, sie wären vorher so hübsch gewesen. Sie sagen, man hätte sie häßlich gemacht, aber ich nenne es nicht so. Viele Leute wären vielleicht der Meinung, sie hätten sich zum Guten verwandelt.“

„Sind sie sehr eingebildet?“

„Ja, das sind sie. Oder zumindest der Obertölpel, und er hat es all den anderen beigebracht. Sie glauben jedes Wort, das er sagt.“

„Das haben wir gemerkt“, bestätigte Lucy.

„Ja – in gewisser Weise ginge es ohne ihn besser. Natürlich könnte ich ihn in etwas anderes verwandeln, oder ich könnte einen Zauber über ihn verhängen, daß sie ihm kein einziges Wort mehr glauben. Aber das will ich nicht tun. Es ist besser für sie, ihn zu bewundern, als wenn sie gar nichts bewundern.“

„Bewundern sie *dich* denn nicht?“ fragte Lucy.

„Nein, *mich* doch nicht“, sagte der Zauberer. „*Mich* würden sie nicht bewundern.“

„Warum hast du sie häßlich gemacht – ich meine, was sie *häßlich* gemacht nennen?“

„Nun, sie wollten nicht tun, was ihnen befohlen wurde. Es ist ihre Aufgabe, sich um den Garten zu kümmern und Lebensmittel anzubauen – nicht für mich, wie sie annehmen, sondern für sich selbst. Sie würden es überhaupt nicht tun, wenn ich es ihnen nicht befehlen würde. Und natürlich braucht man für einen Garten Wasser. Eine halbe Meile von hier am Berg ist eine herrliche Quelle. Und aus dieser Quelle entspringt ein Bach, der direkt am Garten vorbeifließt. Ich habe ihnen lediglich befohlen, das Wasser aus dem Bach zu holen, statt zweimal oder dreimal am Tag mit Eimern zur Quelle hochzuklettern und auf dem Rückweg die Hälfte des Wassers zu verschütten. Aber sie haben es nicht begriffen. Zum Schluß weigerten sie sich einfach."

„Sind sie denn so dumm?" fragte Lucy.

Der Zauberer seufzte. „Du kannst dir nicht vorstellen, welche Schwierigkeiten ich schon mit ihnen gehabt habe. Vor ein paar Monaten waren sie alle dafür, die Teller und das Besteck vor dem Essen abzuwaschen. Sie sagten, dadurch würde man hinterher Zeit sparen. Ich habe sie dabei erwischt, wie sie gekochte Kartoffeln in die Erde steckten, um sich nach der Ernte das Kochen zu sparen. Eines Tages schlich sich die Katze in die Milchkammer, und zwanzig von ihnen machten sich an die Arbeit, die ganze Milch hinauszuschaffen; keiner kam auf die Idee, die Katze wegzubringen. Aber ich sehe, daß du fertig bist. Komm, wir schauen uns die Tölpel an, jetzt, wo man sie wieder sehen kann."

Sie gingen in ein anderes Zimmer, das schwer verständliche Instrumente enthielt – wie Astrolaber, Orrerien, Chronoskope, Poesiemeter, Choriambusen und Theolinden –, und da, als sie am Fenster angelangt waren, sagte der Zauberer: „Dort! Dort sind deine Tölpel!"

„Ich sehe niemand", sagte Lucy. „Aber was sind denn das für Pilzdinger?"

Die Dinger, auf die sie deutete, waren auf der ganzen Rasenfläche verteilt. Sie sahen ohne Zweifel ganz so aus wie Pilze, aber sie waren viel zu groß – der Stiel war etwa einen Meter lang, und der Schirm hatte einen Durchmesser der gleichen Länge. Als sie genau hinschaute, sah sie auch, daß der Stiel nicht in der Mitte, sondern an der Seite des Schirms angewachsen war, wodurch es so aussah, als wäre das Gleichgewicht ein wenig gestört. Und am Fuß des Stiels lag etwas – ein kleines Bündel – auf dem Gras. Je länger sie die Dinger anstarrte, desto weniger schienen sie Pilzen zu gleichen. Der Schirmteil war nicht richtig rund, wie sie zuerst angenommen hatte. Er war länger als breit, und an einem Ende war er etwas breiter als am anderen. Mindestens fünfzig dieser Dinger lagen herum.

Die Uhr schlug drei.

Sofort passierte etwas sehr Eigenartiges. Jeder „Pilz" drehte sich plötzlich um. Die kleinen Bündel, die am Fuß des Stiels gelegen hatten, waren Kopf und Körper. Die Stiele waren die Beine. Aber es waren nicht jeweils zwei Beine, sondern zu jedem Körper gehörte nur ein einziges Bein. Dieses eine Bein war nicht an einer Seite angewachsen wie bei einem Menschen, der nur ein Bein hat, sondern es schloß direkt an den Körper an. Am Ende des Beines befand sich ein einziger, riesiger Fuß – ein breitzehiger Fuß. Die Zehen wölbten sich ein wenig nach oben, wodurch der Fuß fast so aussah wie ein kleines Kanu. Sofort wurde Lucy klar, warum sie wie Pilze ausgesehen hatten. Sie hatten platt auf dem Rücken gelegen, das Bein senkrecht in die Höhe gestreckt und den riesigen Fuß darüber ausgebreitet. Später erfuhr Lucy, daß dies ihre normale Ruhestellung war; denn der Fuß hielt sowohl den Regen als auch die Sonne ab, und für einen Einbeiner war es unter seinem eigenen Fuß fast genauso gemütlich wie für andere in einem Zelt.

„Oh, wie lustig sie aussehen, wie lustig!“ rief Lucy und brach in Gelächter aus. „Hast *du* sie so gemacht?“

„Ja, ja, ich habe die Tölpel in Einbeiner verwandelt“, sagte der Zauberer. Auch er lachte, bis ihm die Tränen herunterliefen. „Aber schau mal zu!“ fügte er hinzu.

Es lohnte sich zuzuschauen. Natürlich konnten diese kleinen einfüßigen Männchen nicht so gehen oder rennen wie wir. Sie bewegten sich hüpfend, wie Flöhe oder Frösche. Und was für Sprünge sie machten! So, als bestünden diese riesigen Füße aus einem Satz Sprungfedern. Und mit was für einem Schwung sie wieder auf dem Boden landeten! Das war das Stampfgeräusch, das Lucy so verwirrt hatte. Jetzt hüpften sie nach allen Seiten und riefen einander zu: „He, Kameraden! Wir sind wieder sichtbar!“

„Das sind wir“, sagte einer, der eine rote Mütze mit vielen Troddeln trug und der offensichtlich der Anführer der Einbeiner war. „Und ich sage euch – wenn die Leute sichtbar sind, dann kann man sie sehen.“

„Ja, so ist es, so ist es, Boß“, riefen alle anderen. „Ganz recht. Keiner kann klarer denken als du. Du hättest es nicht besser ausdrücken können.“

„Das kleine Mädchen hat es geschafft, während der alte Herr seinen Mittagsschlaf hielt“, verkündete der Anführer. „Diesmal ist es uns gelungen, ihn zu überrumpeln!“

„Genau das wollten wir eben auch sagen“, stimmte der Chor zu. „Du bist heute noch besser als je zuvor. Weiter so, weiter so.“

„Wie können sie es wagen, so über dich zu sprechen? Gestern schienen sie noch Angst vor dir zu haben. Ob sie wohl nicht auf die Idee kommen, du könntest ihnen zuhören?“

„Das ist eine von den komischen Eigenschaften der Tölpel“, sagte der Zauberer. „Manchmal reden sie so, als würde ich alles bestimmen, alles mithören und als wäre ich sehr gefährlich. Und im nächsten Moment sind sie der Ansicht, sie könnten mich mit Tricks hereinlegen, die jedes kleine Kind durchschaut."

„Muß man sie wieder in ihre normale Gestalt zurückverwandeln?" fragte Lucy. „Macht es ihnen wirklich so viel aus, daß sie so sind, wie sie sind? Sie scheinen recht zufrieden zu sein. Da – schau dir diesen Sprung an! Wie haben sie denn vorher ausgesehen?"

„Es waren ganz gewöhnliche kleine Zwerge", sagte der Zauberer. „Längst nicht so hübsch wie die Zwerge von Narnia."

„Es wäre wirklich ein Jammer, wenn man sie zurückverwandeln würde", sagte Lucy. „Sie sind so komisch – und sie sind sehr süß. Meinst du, es nützt etwas, wenn ich ihnen das sage?"

„Ganz bestimmt – sofern du es ihnen begreiflich machen kannst."

„Kommst du mit und hilfst mir dabei?"

„Nein, nein. Allein schaffst du es bestimmt viel besser."

„Vielen Dank für das Essen", sagte Lucy und wandte sich schnell ab. Sie rannte die Treppe hinunter, die sie am Morgen so ängstlich bestiegen hatte. Am Fuß der Treppe prallte sie mit Edmund zusammen. Alle anderen waren auch da und warteten, und Lucy bekam ein schlechtes Gewissen, als sie ihre besorgten Gesichter sah und ihr klar wurde, wie lange sie weggeblieben war und ihre Freunde vergessen hatte.

„Alles in Ordnung!" rief sie. „Alles klar! Der Zauberer ist ganz phantastisch – und Aslan habe ich auch gesehen."

Dann rannte sie wie der Blitz hinaus in den Garten. Dort bebte die Erde von den Sprüngen der Einbeiner, und die Luft vibrierte von ihren Rufen. Und beides verstärkte sich noch, als sie Lucy sahen.

„Da kommt sie, da kommt sie", riefen sie. „Ein dreifaches Hurra für das kleine Mädchen! Ah! Sie hat es dem alten Herrn gezeigt! Ja, das hat sie!"

„Es tut uns außerordentlich leid", sagte der Obereinbeiner, „daß du uns nicht so sehen kannst, wie wir ausgesehen haben, bevor wir häßlich gemacht wurden. Du würdest nicht glauben, wie wir damals ausgesehen haben, ganz bestimmt nicht, denn es läßt sich nicht leugnen, daß wir jetzt furchtbar häßlich sind."

„Ja, das sind wir, Boß, das sind wir!" fielen die anderen mit ein und hüpften auf und ab wie Spielzeugballons. „Du sagst es, du sagst es!"

„Aber das finde ich überhaupt nicht!" rief Lucy laut, damit alle sie hören konnten. „Ich finde, ihr seht sehr hübsch aus."

„Hört, hört!" sagten die Einbeiner. „Das stimmt, Fräuleinchen. Wir sehen sehr hübsch aus. Ein hübscheres Völkchen gibt es nicht." Das sagten sie ohne jegliche Überraschung, und es schien ihnen nicht aufzufallen, daß sie vorher genau das Gegenteil behauptet hatten.

Doch bevor sie an diesem Abend zu Bett gingen, geschah noch etwas. Und danach waren die Einbeiner mit ihrem einen Bein noch zufriedener. Kaspian und die anderen gingen so schnell wie möglich zum Strand hinunter, um Rhince und den anderen an Bord, die inzwischen sehr in Sorge waren, Bescheid zu sagen. Und natürlich gingen die Einbeiner mit. Sie hüpften auf und ab wie Fußbälle und stimmten sich gegenseitig lautstark zu, bis Eustachius sagte: „Ich wollte, der Zauberer würde sie statt unsichtbar unhörbar machen."

Als sie bei der Bucht ankamen, hatte Riepischiep eine ausgezeichnete Idee. Er ließ sein kleines Weidenboot zu Wasser und paddelte herum, bis die Einbeiner aufmerksam wurden. Dann stellte er sich in seinem Boot auf und sagte: „Ehrenwerte und kluge Einbeiner! Ihr braucht keine Boote! Jeder von euch hat einen Fuß, den er statt dessen benutzen kann. Ihr müßt so leichtfüßig wie möglich auf dem Wasser hüpfen, dann werdet ihr sehen, was geschieht."

Der Obereinbeiner zögerte und warnte die anderen, daß das Wasser sehr naß sei. Aber einer oder zwei der jüngeren versuchte es sofort, und dann folgten ein paar weitere ihrem Beispiel, und schließlich beteiligten sich alle. Es klappte ausgezeichnet. Der riesige Fuß der Einbeiner diente als natürliches Floß oder Boot, und nachdem Riepischiep ihnen beigebracht hatte, wie man ein einfaches Paddel schnitzt, paddelten sie alle in der Bucht und um die *Morgenröte* herum und sahen aus wie eine Flotte kleiner Kanus, in deren Heck dicke Zwerge standen. Sie paddelten um die Wette, vom Schiff wurden Weinflaschen als Preise für sie herabgelassen, und die Matrosen lehnten sich über die Reling und lachten, bis ihnen alles weh tat.

Auch über ihren neuen Namen „Einbeiner" waren die Tölpel sehr glücklich. Sie fanden ihn phantastisch – nur sagten sie ihn immer falsch. „Das sind wir!" riefen sie. „Eimerbeine, Beinheimer, Heimerbeiner. Genau dieser Name lag uns selbst schon auf der Zunge." Aber schon bald brachten sie ihn mit ihrem alten Namen – Tölpel – durcheinander, und schließlich nannten sie sich Tölpelbeiner. Und so werden sie vermutlich für alle Zeiten genannt.

Am Abend speisten alle Narnianen oben beim Zauberer. Lucy fiel auf, wie anders das obere Stockwerk plötzlich aussah, jetzt, wo sie keine Angst mehr hatte. Die geheimnisvollen Zeichen an den Türen waren noch immer geheimnisvoll, aber jetzt schienen sie eine freundliche und heitere Bedeutung zu haben, und selbst der bärtige Spiegel sah jetzt eher lustig als furchterregend aus. Beim Abendessen bekam jeder durch Zauberei das zu essen und zu trinken, was er am liebsten mochte. Und nach dem Essen veranstaltete der Zauberer eine sehr praktische und schöne Zauberei. Er legte zwei leere Bogen Pergament auf den Tisch und bat Drinian, ihm einen genauen Bericht ihrer Reise zu geben; und während Drinian sprach, erschien all das, was er beschrieb, in feinen und klaren Linien auf dem Pergament, bis die Blätter schließlich zu phantastischen Karten geworden waren. Sie zeigten die östlichen Meere mit Galma, Terebinthia, den Sieben Inseln, den Einsamen Inseln, der Dracheninsel, der Verbrannten Insel, der Todeswasserinsel und dem Land der Tölpel, und alles hatte genau die richtige Größe und war an der richtigen Stelle eingezeichnet. Dies waren die allerersten Karten von diesen Meeren, und sie waren besser als all die Karten, die inzwischen ohne Zauberei gemacht wurden. Denn die Städte und die Berge auf diesen Karten sahen zwar so aus wie auf einer normalen Karte, aber nachdem der Zauberer seinen Gästen ein Vergrößerungsglas geliehen hatte, sahen sie, daß es perfekte kleine Abbilder der Wirklichkeit waren; so konnte man zum Beispiel das Schloß und den Sklavenmarkt und die Straßen von Enghafen erkennen, und alles war ganz klar und doch weit weg, so, wie die Dinge durch das falsche Ende eines Teleskops aussehen. Der einzige Nachteil war, daß die Küsten der meisten Inseln unvollständig waren, denn die Karte zeigte nur das, was Drinian mit eigenen Augen gesehen hatte. Als die beiden Karten fertig waren, behielt der Zauberer eine für sich und gab die andere Kaspian. Diese Karte hängt noch immer in seinem Instrumentenzimmer in Feeneden. Aber von Meeren oder Ländern weiter im Osten konnte ihnen der Zauberer nichts sagen. Er sagte ihnen jedoch, daß vor sieben Jahren ein narnianisches Schiff in seinen Gewässern angelegt habe und daß sich die Lords Revilian, Argoz, Mavramorn und Rhoop an Bord befunden hätten. Daraus schlossen sie, daß der goldene Mann, den sie im Todeswasser gesehen hatten, Lord Restimar gewesen sein mußte.

Am nächsten Tag reparierte der Zauberer durch Zauberei das von der Seeschlange beschädigte Heck der *Morgenröte* und belud das Schiff mit praktischen Geschenken. Sie verabschiedeten sich sehr freundschaftlich, und als die *Morgenröte* zwei

Stunden nach Mittag ablegte, paddelten alle Tölpelbeiner bis zur Mündung der Bucht mit und jubelten, bis sie außer Hörweite waren.

DIE DUNKLE INSEL

Nach diesem Abenteuer segelten sie zwölf Tage lang vor einem sanften Wind nach Süden und ein wenig nach Osten. Der Himmel war meistens klar und die Luft warm, und sie sahen weder Vogel noch Fisch. Nur einmal sahen sie Wale, die weit vor Steuerbord Wasserfontänen ausstießen. Lucy und Riepischiep spielten oft Schach. Dann, am dreizehnten Tag, sichtete Edmund von der Kampfplattform aus etwas, was wie ein großer dunkler Berg aussah, der sich vorne, in Richtung Backbord, aus dem Meer erhob.

Sie änderten den Kurs und hielten darauf zu, meist rudernd, denn der Wind gestattete es nicht, nach Norden zu segeln. Als der Abend anbrach, waren sie noch immer weit entfernt, und so ruderten sie die ganze Nacht hindurch. Das Wetter am nächsten Morgen war gut, aber kein Windhauch war zu spüren. Die dunkle Masse lag vor ihnen, viel näher und größer, doch sehr verschwommen, so daß manche meinten, es wäre noch immer sehr weit, und andere der Ansicht waren, man würde in einen Nebel hineinfahren.

Etwa um neun Uhr an diesem Morgen war die Erscheinung plötzlich so nah, daß sie sehen konnten, daß es überhaupt kein Land war und auch kein normaler Nebel. Es war eine Dunkelheit. Es ist sehr schwer zu beschreiben, aber es war so ähnlich, wie wenn man in einen Eisenbahntunnel hineinschaut – einen Tunnel, der so lang ist oder so gebogen, daß man das Licht am anderen Ende nicht sehen kann. Und ihr wißt ja, wie das aussieht. Ein paar Meter weit kann man die Gleise und die Schwellen und die Schottersteine ganz klar sehen; dann kommt eine Stelle, wo sie im Halbdunkel liegen, und dann, ganz plötzlich, aber natürlich ohne eine klare Trennungslinie, verschwinden sie völlig in einer weichen, undurchdringlichen Dunkelheit. Und genauso war es hier. Ein paar Meter weit konnten sie vor dem Bug das Wogen des klaren, grünblauen Wassers sehen. Davor war das Wasser fahl und grau, so wie spät am Abend. Aber noch weiter vorne herrschte vollkommene Dunkelheit, so, als wären sie am Rand einer mondlosen und sternlosen Nacht angekommen.

Kaspian rief dem Bootsmann zu, er solle das Schiff anhalten, und alle außer den Männern an den Rudern rannten nach vorn und blickten über den Bug. Aber es gab nichts zu sehen. Hinter ihnen war das Meer und die Sonne, und vor ihnen war die Dunkelheit.

„Sollen wir da hineinfahren?“ fragte Kaspian schließlich.

„Ich würde abraten“, antwortete Drinian.

„Der Kapitän hat recht“, meinten mehrere Matrosen.

„Ich glaube es fast auch“, stimmte Edmund zu.

Lucy und Eustachius sagten nichts, doch innerlich schienen sie über diese Entwicklung sehr froh zu sein. Aber sofort durchbrach die klare Stimme Riepischieps die Stille.

„Und warum nicht?“ fragte er. „Will mir vielleicht jemand erklären, warum nicht?“

Keiner fühlte sich danach, eine Erklärung abzugeben, und so fuhr Riepischiep fort:

„Wenn ich Bauern oder Sklaven vor mir hätte“, sagte er, „könnte ich vielleicht annehmen, dieser Vorschlag entspränge der Feigheit. Aber ich hoffe, man wird in Narnia niemals erzählen, daß eine Gruppe edler und königlicher Personen im besten Alter den Schwanz eingezogen hat aus Angst vor der Dunkelheit.“

„Aber welchen Nutzen sollte es wohl bringen, in diese Schwärze hineinzurudern?“ fragte Drinian.

„Nutzen?“ entgegnete Riepischiep. „Nutzen, Kapitän? Wenn Ihr mit Nutzen meint, unseren Bauch oder unsere Taschen zu füllen, dann gestehe ich, daß es gar keinen Nutzen bringt. Soviel ich weiß, haben wir nicht die Segel gesetzt, um nach nützlichen Dingen zu suchen, sondern um der Ehre und der Abenteuer willen. Und dieses Abenteuer ist großartiger als alle, von denen ich je gehört habe, und wenn wir hier umkehren, dann wird unsere Ehre beträchtlich geschmälert.“

Manche Matrosen murmelten etwas vor sich hin, was wie „zum Teufel mit der Ehre“ klang, aber Kaspian sagte:

„Du bist unmöglich, Riepischiep. Fast wünschte ich, wir hätten dich zu Hause gelassen. Gut! Wenn du es so ausdrückst, dann müssen wir vermutlich weiter. Außer wenn du, Lucy, es lieber nicht möchtest!“

Lucy wollte tatsächlich überhaupt nicht, aber laut sagte sie: „Ich mache mit.“

„Eure Majestät wird doch wenigstens Lichter anzünden lassen?“ fragte Drinian.

„Natürlich“, sagte Kaspian. „Kümmert Euch darum, Kapitän.“

So wurden drei Laternen am Heck, am Bug und an der Mastspitze angezündet, und mittschiffs ließ Drinian zwei Fakkeln anbrennen. Im Sonnenschein sahen sie bleich und schwach aus. Mit Ausnahme von ein paar Männern unten an den Rudern wurden alle Mann bewaffnet an Deck beordert und mit gezogenem Schwert auf Kampfposition befohlen.

Lucy und zwei Bogenschützen standen mit angelegten Pfeilen auf der Kampfplattform. Rynelf stand am Bug und hatte seine Leine in Bereitschaft, um die Tiefe zu loten. Riepischiep, Edmund, Eustachius und Drinian standen in ihrer schimmernden Rüstung bei ihm. Drinian übernahm die Ruderpinne.

„Und nun vorwärts – in Aslans Namen!“ rief Kaspian. „Mit langsamem, gleichmäßigem Schlag! Und daß jedermann sich still verhält und auf meine Befehle achtet!“

Mit Ächzen und Stöhnen setzte sich die *Morgenröte* in Bewegung, als die Männer zu rudern begannen. Lucy, die auf der Kampfplattform stand, hatte ausgezeichnete Sicht und konnte genau sehen, wie sie in die Dunkelheit eintauchten. Der Bug war schon darin verschwunden, als auf dem Heck noch die Sonne lag. Lucy sah sie alle mitsamt ihrem Schiff verschwinden. Im einen Moment lagen der vergoldete Bug, das blaue Meer und der Himmel noch im hellen Sonnenlicht: im nächsten Moment waren das Meer und der Himmel verschwunden, und nur noch die Hecklaterne, die man zuvor kaum gesehen hatte, zeigte an, wo das Schiff endete. Vor der Laterne sah sie die dunkle Gestalt Drinians, der an der Ruderpinne kauerte. Unten warfen die beiden Fackeln zwei kleine Lichtflecke auf das Deck und brachten Schwerter und Helme zum Funkeln. Auf dem Vorderdeck war eine weitere Lichtinsel. Abgesehen davon schien die von der Laterne an der Mastspitze beleuchtete Kampfplattform eine kleine helle Welt für sich, die in einer einsamen Dunkelheit schwebte. Und wie immer, wenn man zur falschen Tageszeit Lichter anzündet, sahen diese gespenstisch und unnatürlich aus. Lucy merkte auch, daß ihr sehr kalt war.

Keiner wußte, wie lange diese Reise in die Dunkelheit dauerte. Abgesehen vom Knarren der Riemen und dem Aufklatschen der Ruder gab es keinerlei Anzeichen, daß sie sich überhaupt bewegten. Edmund, der über den Bug lugte, konnte außer dem Widerschein der Laterne im Wasser vor sich nichts sehen. Die Reflexion sah ganz ölig aus, und die Wellen, die von dem sich vorwärts pflügenden Bug ausgingen, schienen bleiern, flach und leblos zu sein. Mit Ausnahme der Männer an den Rudern begannen alle im Laufe der Zeit vor Kälte zu zittern.

Plötzlich klang von irgendwoher – ihr Orientierungssinn war inzwischen ziemlich gestört – ein Schrei. Er kam entweder von einer nichtmenschlichen Stimme, oder es war die Stimme eines Menschen in derartiger Todesangst, daß er seine Menschlichkeit fast verloren hatte.

Kaspian wollte gerade etwas sagen – aber sein Mund war zu trocken –, als ihm die schrille Stimme Riepischieps zuvorkam, die in dieser Stille lauter schallte als gewöhnlich.

„Wer ruft da?“ quiekte sie. „Wenn du ein Feind bist, fürchten wir dich nicht, und wenn du ein Freund bist, werden wir deinen Feinden das Fürchten beibringen!“

„Gnade!“ rief die Stimme. „Gnade! Selbst wenn du nur ein weiterer Traum bist, hab Gnade! Nimm mich an Bord! Nimm mich mit, selbst wenn du mich totschlägst! Aber im Namen aller Gnade der Welt – verflüchtige dich nicht, und laß mich nicht in diesem schrecklichen Land!“

„Wo bist du?“ rief Kaspian. „Komm an Bord, und sei willkommen!“

Ein weiterer Schrei erklang, sei es vor Freude oder vor Angst, und dann merkten sie, daß etwas auf sie zuschwamm.

„Stellt euch bereit, Männer, und zieht ihn herauf!“ befahl Kaspian.

„Ay, ay, Majestät“, sagten die Matrosen. Einige drängten sich mit Tauen an Backbord, und einer lehnte sich weit über die Bordwand und hielt die Fackel. Ein wildes, weißes Gesicht erschien in der Schwärze des Wassers, und nach einigem Strampeln und Ziehen hatten ein Dutzend hilfreiche Hände den Fremden an Bord gehievt.

Edmund hatte noch nie einen derart wild aussehenden Mann gesehen. Obwohl er sonst eigentlich nicht sehr alt wirkte, war doch sein zerzaustes Haar schneeweiß, sein Gesicht schmal und eingefallen, und als Kleidung trug er nur ein paar nasse Lumpen am Leib. Aber was am meisten auffiel, waren seine Augen. Sie waren so weit aufgerissen, daß es aussah, als hätte er überhaupt keine Augenlider, und er starrte sie an, als stünde er Todesängste aus. Im selben Augenblick, als er auf Deck stand, rief er:

„Fliegt! Fliegt! Wendet euer Schiff und fliegt! Rudert! Rudert um euer Leben, und verlaßt dieses verfluchte Gestade!"

„Beruhigt Euch!" antwortete Riepischiep. „Und sagt uns, welche Gefahr uns hier droht! Wir sind nicht gewohnt, zu fliegen."

Der Fremde fuhr zusammen, als er die Stimme der Maus hörte, die er bis dahin nicht gesehen hatte.

„Trotzdem müßt ihr von hier wegfliegen!" keuchte er. „Dies ist die Insel, wo die Träume wahr werden."

„Nach dieser Insel habe ich schon lange gesucht!" sagte einer der Matrosen. „Vielleicht stelle ich fest, daß ich mit Nancy verheiratet bin, wenn wir hier an Land gehen."

„Und ich stelle fest, daß Tom wieder am Leben ist", sagte ein anderer.

„Narren!" rief der Mann und stampfte vor Zorn mit dem Fuß auf. „Diese Art Geschwätz hat mich hierhergebracht, und ich wäre besser ertrunken oder nie geboren worden. Hört ihr, was ich sage? Hier werden Träume wahr und erwachen zum Leben – Alpträume, versteht ihr? Nicht Tagträume: Alpträume!"

Etwa eine halbe Minute lang herrschte Schweigen, dann stolperten alle Männer mit klirrender Rüstung und so schnell sie konnten die Hauptluke hinunter, warfen sich an die Ruder und ruderten, wie sie noch nie gerudert hatten. Drinian warf das Steuer herum, und der Bootsmann gab den schnellsten Ruderschlag an, der je auf See gehört worden ist. Denn es hatte genau diese halbe Minute gedauert, bis sich jeder an gewisse Träume erinnerte, die er einmal gehabt hatte – Alpträume, die einem angst machen, wieder einzuschlafen –, und bis jedem klargeworden war, was es bedeutete, ein Land zu betreten, wo Träume wahr werden.

Nur Riepischiep blieb gelassen.

„Eure Majestät", sagte er. „Wollt Ihr diese Meuterei, diese Feigheit dulden? Dies ist ehrlose Flucht!"

„Rudert, rudert!" bellte Kaspian. „Rudert um euer Leben! Steht das Schiff richtig, Drinian? Sag, was du willst, Riepischiep! Es gibt Dinge, die kein Mensch ertragen kann!"

„Dann ist es mein Glück, daß ich kein Mensch bin", erwiderte Riepischiep mit einer steifen Verbeugung. Lucy hatte von oben alles mit angehört. Augenblicklich kam einer ihrer Träume zurück, den sie unbedingt hatte vergessen wollen, und er war so wirklich, als wäre sie eben erst aufgewacht. Also *das* war es, was hinter ihnen auf der Insel und in der Dunkelheit lag! Eine Sekunde lang wollte sie zum Deck hinuntersteigen, um bei Edmund und Kaspian zu sein. Aber wozu? Wenn die Träume wahr wurden, dann verwandelten sich Edmund und Kaspian vielleicht genau in dem Moment, wo sie die beiden erreichte, in etwas Furchtbares. Sie packte das Geländer der Kampfplattform und versuchte sich zu beherrschen. Sie ruderten so schnell wie möglich zum Licht zurück: in ein paar Minuten würde alles in Ordnung sein. Wenn es nur schon soweit wäre!

Obwohl das Rudern ziemlichen Krach machte, überdeckte es doch nicht die totale Stille, die das Schiff umgab. Jedermann wußte, daß es besser war, nicht nach einem Geräusch aus der Dunkelheit zu lauschen. Trotzdem kam keiner dagegen an, doch zu lauschen. Und schon bald hörte jeder von ihnen Geräusche. Und jeder hörte etwas anderes.

„Hörst du das? Es klingt … wie eine riesige Schere, die auf- und zuklappt … dort drüben?" fragte Eustachius, zu Rynelf gewandt.

„Pst!" sagte Rynelf. „Ich höre, wie sie an den Schiffswänden emporkrabbeln."

„Es läßt sich gerade auf dem Mast nieder", sagte Kaspian.

„Ohhh!" sagte ein Matrose. „Jetzt beginnt der Gong zu schlagen. Ich wußte, daß das geschehen würde!"

Kaspian versuchte, nirgendwohin zu blicken (und vor allem nicht nach hinten), und ging nach achtern zu Drinian.

„Drinian", sagte er mit sehr leiser Stimme. „Wie lange haben wir gebraucht, um hineinzurudern – ich meine bis dorthin, wo wir den Fremden an Bord genommen haben?"

„Vielleicht fünf Minuten", flüsterte Drinian. „Warum?"

„Weil wir schon länger dabei sind, wieder hinauszurudern."

Drinians Hand auf der Ruderpinne zitterte, und der kalte Schweiß rann ihm über das Gesicht. Allen anderen an Bord war schon derselbe Gedanke gekommen. „Wir werden nie hinausgelangen, nie!" stöhnten die Ruderer. „Er steuert uns in die falsche Richtung! Wir fahren im Kreis herum!" Der Fremde, der zusammengekauert an Deck gelegen hatte, setzte sich auf und brach in schreckliches, kreischendes Gelächter aus.

„Nie!" schrie er. „Das ist es! Natürlich! Wir werden nie hinausgelangen! Welcher Narr ich war anzunehmen, sie würden mich so einfach ziehen lassen! Nein, nein, wir werden nie hinauskommen!"

Lucy lehnte den Kopf gegen das Geländer der Kampfplattform und flüsterte: „Aslan, wenn du uns je geliebt hast, dann schick uns Hilfe!" Die Dunkelheit ließ nicht nach, aber Lucy begann, sich ein wenig – ein klitzekleines bißchen – besser zu fühlen. Immerhin ist uns bis jetzt eigentlich nichts passiert, dachte sie.

„Seht!" erklang die heisere Stimme Rynelfs vom Bug. Vor ihnen lag ein winziger Lichtfleck, und während sie darauf starrten, fiel ein breiter Lichtstrahl auf das Schiff. Die umliegende Dunkelheit veränderte sich nicht, aber das ganze Schiff war wie von einem Suchlicht erhellt. Kaspian blinzelte, blickte um sich und sah die wilden, unbeweglichen Gesichter der anderen.

Alle sahen in die gleiche Richtung; hinter jedem lag ein schwarzer, scharf umrandeter Schatten.

Lucy schaute in die Richtung des Lichtstrahls, und plötzlich entdeckte sie dort etwas. Zuerst sah es aus wie ein Kreuz, dann wie ein Flugzeug, dann wie ein Drachen, und zuletzt – mit einem Flügelflattern – war es genau über ihr. Es war ein Albatros. Er umflog dreimal den Mast, dann hockte er einen Moment lang auf der Spitze des vergoldeten Drachens am Bug. Mit einer kräftigen und wohlklingenden Stimme rief er etwas. Es klang so, als wären es Worte, doch niemand verstand es. Dann breitete er die Schwingen aus, erhob sich und begann langsam vorauszufliegen. Er hielt leicht nach steuerbord. Drinian, der nicht daran zweifelte, daß der Vogel sie führen wollte, steuerte ihm nach. Nur Lucy wußte, daß er ihr zugeflüstert hatte: „Mut, mein liebes Herz!", als er den Mast umflog, und die Stimme, da war sie ganz sicher, war die Stimme Aslans gewesen.

In Sekundenschnelle verwandelte sich die Dunkelheit vor ihnen in Dämmerlicht, und dann, bevor sie es wagten, Hoffnung zu schöpfen, schossen sie ins Sonnenlicht hinaus und fanden sich wieder in einer warmen, blauen Welt. Fast sofort wurde allen klar, daß es nichts gab, wovor man sich fürchten mußte, und daß es auch nie etwas gegeben hatte. Sie blinzelten und sahen sich um. Die Helligkeit des Schiffes verwunderte sie: Halb hatten sie erwartet, die Dunkelheit würde an dem Weiß, dem Grün und dem Gold in Form von Schmutz oder Schaum klebenbleiben. Dann begann einer zu lachen und dann noch einer.

„Ich glaube, wir haben uns aufgeführt wie die Narren", sagte Rynelf.

Lucy verlor keine Zeit und kam rasch auf das Deck herunter, wo sie die anderen um den Fremden versammelt fand. Dieser war lange Zeit zu glücklich, um zu reden. Er starrte das

Meer und die Sonne an und tastete die Seitenwände und die Taue ab, als wolle er sicherstellen, daß er nicht träumte. Tränen rannen über seine Wangen hinab.

„Danke", sagte er schließlich. „Ihr habt mich gerettet aus ... aber ich will nicht darüber reden. Und nun sagt mir, wer ihr seid! Ich bin ein Telmarer aus Narnia, und einst, als ich noch etwas darstellte, nannte man mich Lord Rhoop."

„Und ich", sagte Kaspian, „ich bin Kaspian, König von Narnia, und ich bin unterwegs, um Euch und Eure Gefährten zu finden, die Ihr die Freunde meines Vaters wart."

Lord Rhoop fiel auf die Knie und küßte die Hand des Königs. „Herr", sagte er, „Ihr seid der Mann, den ich mir am meisten zu sehen gewünscht habe. Gewährt mir einen Wunsch!"

„Und welchen?" fragte Kaspian.

„Mich nie mehr dorthin zurückzubringen", antwortete der Mann. Er deutete nach hinten. Alle Augen folgten ihm. Aber sie sahen nur das klare blaue Meer und klaren blauen Himmel. Die dunkle Insel und die Dunkelheit waren für immer verschwunden.

„Wie!" rief Lord Rhoop. „Ihr habt es zerstört!"

„Ich glaube nicht, daß *wir* es waren", entgegnete Lucy.

„Herr", sagte Drinian, „der Wind weht Richtung Südosten. Soll ich die armen Männer an den Rudern erlösen und das Segel setzen lassen? Und dann sollte sich jeder, der nicht unbedingt gebraucht wird, in seine Hängematte legen."

„Ja", sagte Kaspian. „Und jeder soll Grog erhalten. Uuu-ah, ich habe das Gefühl, ich könnte selbst einmal rund um die Uhr schlafen."

Und so segelten sie frohgemut den ganzen Nachmittag bei gutem Wind nach Südosten. Niemand hatte bemerkt, wann der Albatros verschwunden war.

DIE DREI SCHLÄFER

Der Wind legte sich nicht, aber er wurde von Tag zu Tag sanfter, bis die Wellen schließlich fast verschwunden waren und das Wasser sich nur noch leicht kräuselte. Stunde um Stunde glitt das Schiff dahin, als segelten sie auf einem See. Und jede Nacht sahen sie, daß im Osten neue Sternbilder aufzogen, die keiner in Narnia je gesehen hatte und die, wie Lucy in einer Mischung aus Freude und Furcht dachte, vielleicht überhaupt noch kein menschliches Auge erblickt hatte. Diese neuen Sterne waren groß und hell, und die Nächte waren warm. Die meisten der Männer schliefen an Deck und redeten bis tief in die Nacht, oder sie beugten sich über die Reling und beobachteten den wilden Tanz des vom Bug aufgeworfenen Schaums.

An einem unsagbar schönen Abend, als hinter ihnen die Sonne so blutrot und breit gefächert unterging, daß es schien, als wäre der Himmel selbst größer geworden, sichteten sie vor sich in Richtung Steuerbord Land. Es kam langsam näher, und durch den Widerschein der Sonne sah es so aus, als stünden all die Hügel und die Landzungen dieses neuen Landes in Flammen. Schon bald segelten sie an den Küsten entlang, und das westliche Kap ragte hinter ihnen auf und hob sich so schwarz und mit so klaren Linien vor dem roten Himmel ab, als wäre es aus Pappe geschnitten. Jetzt konnten sie besser erkennen, wie dieses neue Land aussah. Es gab keine hohen Berge, sondern viele sanfte Hügel mit kissenartigen Hängen. Dieses Land verströmte einen angenehmen Geruch – Lucy nannte ihn einen „dunklen purpurnen Geruch“, was, wie Edmund sagte (und Rhince dachte), Quatsch war, doch Kaspian sagte: „Ich weiß, was du damit meinst, Lucy.“

Sie segelten ein gutes Stück weiter, an einer Landzunge nach der anderen vorbei, in der Hoffnung, einen schönen und tiefen Hafen zu finden, doch schließlich mußten sie sich mit einer breiten und flachen Bucht zufriedengeben. Zwar war das Wasser draußen auf dem Meer ruhig gewesen, doch hier brach es sich natürlich auf dem Sand, und so konnten sie die *Morgenröte* nicht so weit hereinbringen, wie ihnen lieb gewesen wäre. Sie warfen ein gutes Stück vor der Küste Anker und landeten schließlich naß und unsanft mit ihrem Boot. Lord Rhoop blieb an Bord. Er wollte keine Inseln mehr sehen. Während der ganzen Zeit auf der Insel hatten sie den Klang der langgezogenen Brecher in den Ohren.

Zwei Männer wurden zurückgelassen, um das Boot zu bewachen, und Kaspian führte die anderen landeinwärts. Doch sie gingen nicht weit, denn es war zu spät, um die Gegend zu erkunden, und bald würde es dunkel werden. Aber sie mußten nicht weit gehen, um auf das erste Abenteuer zu stoßen. In dem flachen, an die Bucht angrenzenden Tal war weder eine Straße noch ein anderes menschliches Zeichen zu sehen. Der Boden war mit feinem, federndem Gras bewachsen, durchzogen von einzelnen Flecken niedriger buschiger Gewächse, die Edmund und Lucy für Heidekraut hielten. Eustachius, der in Biologie wirklich ganz gut war, sagte allerdings, es sei kein Heidekraut, und vermutlich hatte er recht; aber auf jeden Fall war es etwas sehr Ähnliches.

Kaum einen Pfeilschuß von der Küste entfernt, rief Drinian: „Schaut! Was ist das?“, und alle hielten an.

„Sind das große Bäume?“ fragte Kaspian.

„Es sind Türme, glaube ich“, sagte Eustachius.

„Es könnten Riesen sein“, sagte Edmund leise.

„Am schnellsten finden wir das heraus, wenn wir hingehen“, sagte Riepischiep. Er zog das Schwert und stapfte allen anderen voran.

„Ich glaube, es ist eine Ruine“, sagte Lucy, als sie ein gutes Stück näher waren, und ihre Vermutung war bisher die treffendste. Jetzt sahen sie einen breiten, rechteckigen, mit glatten Steinen ausgelegten Platz. Um den Platz herum standen Säulen, doch er war nicht überdacht. Und über die ganze Länge des Platzes stand ein langer Tisch, auf dem ein blutrotes Tuch lag, das fast bis auf die Steinplatten hinabhing. Auf beiden Seiten des Tisches standen viele reichverzierte steinerne Stühle mit seidenen Kissen auf dem Sitz. Und auf dem Tisch selbst stand ein Mahl, wie es noch nie gesehen ward, nicht einmal damals, als Peter der Prächtige in Feeneden hofhielt. Es gab Truthähne, Gänse und Pfauen, Köpfe von Wildschweinen und riesige Wildbretbraten, es gab Pasteten, die aussahen wie Schiffe mit gesetzten Segeln, wie Drachen und wie Elefanten, es gab Eiscreme, leuchtenden Hummer und schimmernden Lachs, es gab Nüsse und Trauben, Ananas und Pfirsiche, Granatäpfel, Melonen und Tomaten. Da waren goldene und silberne Krüge und eigenartig geformte Gläser; und der Duft von Früchten und von Wein wehte ihnen entgegen wie ein Versprechen vollkommener Glückseligkeit.

„Meine Güte!“ sagte Lucy.

„Aber wo sind die Gäste?“ fragte Eustachius.

„Die können wir liefern, Herr“, sagte Rhince.

„Schaut!“ sagte Edmund scharf. Sie waren inzwischen an den Säulen vorbeigegangen und standen auf dem mit Platten ausgelegten Platz. Alle schauten in die Richtung, in die Edmund gedeutet hatte. Nicht alle Stühle waren leer. Am Kopf des Tisches und auf den beiden Plätzen daneben war etwas – oder vielleicht war es ein dreifaches Etwas.

„Was ist *das* denn?“ flüsterte Lucy. „Es sieht so aus, als säßen drei Dachse am Tisch.“

„Oder vielleicht ist es ein riesiges Vogelnest?“ schlug Edmund vor.

„Ich finde, es sieht eher so aus wie ein Ballen Heu“, sagte Kaspian.

Riepischiep rannte vor, sprang auf einen Stuhl und von dort auf den Tisch. Dann balancierte er so elegant wie ein Tänzer zwischen juwelenbesetzten Bechern, Obstpyramiden und Salzfäßchen aus Elfenbein. Er lief geradewegs zu der geheimnisvollen grauen Masse am Ende des Tisches, betrachtete sie, berührte sie und rief dann:

„Ich glaube, die werden nicht kämpfen.“

Jetzt kamen alle näher und sahen, daß es Männer waren, die auf diesen drei Stühlen saßen, obwohl man sie nur als Männer erkennen konnte, wenn man ganz genau hinschaute. Ihr Haar war grau, und es war ihnen über die Augen gewachsen, bis es fast das Gesicht verdeckte. Und ihre Bärte waren auf den Tisch heruntergewachsen und umschlangen Teller und Kelche, so, wie Dornengestrüpp einen Zaun umschlingt, und von dort aus hing alles zu einer dichten Matte verwachsen über den Rand des Tisches und bis auf den Boden. Das Haar hing von ihrem Hinterkopf über die Stuhllehne und verdeckte diese vollständig. Tatsächlich schienen die drei Männer fast nur aus Haar zu bestehen.

„Sind sie tot?“ fragte Kaspian.

„Ich glaube nicht, Herr“, antwortete Riepischiep und hob mit den Pfoten eine Hand aus dem Gewirr von Haaren. „Diese Hand hier ist warm, und der Puls schlägt.“

„Und diese auch, und jene ebenfalls“, sagte Drinian.

„Meine Güte, sie schlafen nur“, sagte Eustachius.

„Aber es muß schon ein langer Schlaf sein“, sagte Edmund, „wenn ihr Haar so gewachsen ist.“

„Es muß ein Zauberschlaf sein“, sagte Lucy. „Schon als wir

auf der Insel landeten, habe ich gespürt, daß sie voller Zauber ist. Oh! Glaubt ihr, wir sind gekommen, um sie aus diesem Schlaf aufzuwecken?"

„Wir können es versuchen", sagte Kaspian und begann, den Schläfer zu schütteln, der ihm am nächsten saß. Einen Augenblick lang dachten alle, er könne Erfolg haben, denn der Mann machte einen tiefen Atemzug und murmelte: „Ich fahre nicht weiter nach Osten. Ruder klar für Narnia!" Aber er fiel sofort wieder in Schlaf. Sein schwerer Kopf sank noch ein paar Zentimeter tiefer auf den Tisch herab, und alle Anstrengungen, ihn wieder aufzuwecken, waren ohne Erfolg. Beim zweiten geschah mehr oder weniger dasselbe. „Wir wurden nicht geboren, um zu leben wie die Tiere. Fahrt nach Osten, solange ihr noch könnt – Länder hinter der Sonne", murmelte er, und damit sank sein Kopf auf den Tisch. Und der dritte sagte nur: „Senf bitte" und schlief fest ein.

„Ruder klar für Narnia, hm?" sagte Drinian.

„Ja", sagte Kaspian. „Ihr habt recht, Drinian. Ich glaube, unsere Suche hat ein Ende. Laßt uns die Ringe anschauen! Ja, das sind sie. Das ist Lord Revilian. Das ist Lord Argoz, und dies ist Lord Mavramorn."

„Aber wir können sie nicht aufwecken", sagte Lucy. „Was sollen wir tun?"

„Mit der Erlaubnis Eurer Majestäten", sagte Rhince, „aber warum greifen wir nicht zu, während wir das besprechen? Eine solche Mahlzeit wird uns nicht jeden Tag geboten."

„Nicht um alles in der Welt", sagte Drinian.

„Ganz richtig, ganz richtig", sagten einige der Matrosen.

„Es gibt hier zu viel Zauberei. Je früher wir zurück an Bord kommen, desto besser."

„Ihr könnt sicher sein, daß die drei Lords in einen siebenjährigen Schlaf versunken sind, weil sie von diesen Sachen hier gegessen haben", sagte Riepischiep.

„Ich würde nichts davon anrühren, selbst wenn mein Leben davon abhinge“, sagte Drinian.

„Es wird ungewöhnlich rasch dunkel“, sagte Rynelf.

„Zurück an Bord“, murrten die Männer.

„Ich glaube wirklich, daß sie recht haben“, sagte Edmund. „Wir können morgen entscheiden, was wir mit den Schläfern tun sollen. Wir dürfen es nicht wagen, etwas von den Dingen hier zu essen, und es ist sinnlos, über Nacht hierzubleiben. Der ganze Ort riecht nach Zauberei – und nach Gefahr.“

„Ich bin genau derselben Meinung wie König Edmund“, sagte Riepischiep, „was die allgemeine Schiffsmannschaft betrifft. Aber ich für meine Person werde hier am Tisch sitzen bleiben bis zum Sonnenaufgang.“

„Warum, um alles in der Welt?“ fragte Eustachius.

„Weil dies ein so bedeutendes Abenteuer ist und weil keine Gefahr so groß ist, daß ich nach Narnia zurückkehren will, indem ich aus Furcht ein Geheimnis ungelöst hinter mir lasse.“

„Ich werde bei dir bleiben, Riep“, meinte Edmund.

„Und ich auch“, sagte Kaspian.

„Und ich auch“, sagte Lucy. Und auch Eustachius meldete sich freiwillig.

„Ich flehe Eure Majestät an …“, begann Drinian.

„Nein, Drinian“, entgegnete Kaspian. „Euer Platz ist auf Eurem Schiff, und Ihr habt einen Tag voller Arbeit hinter Euch, während wir gefaulenzt haben.“ Eine längere Diskussion folgte, aber schließlich konnte Kaspian sich durchsetzen. Während die Mannschaft in der Dämmerung zur Küste zurückmarschierte, konnte sich keiner der fünf Gefährten eines komischen Gefühls in der Magengrube erwehren.

Sie ließen sich Zeit, an dem unheilvollen Tisch einen Platz auszusuchen. Vermutlich hatten sie dafür alle den gleichen Grund, nur sprach ihn keiner aus. Denn die Wahl war wirklich sehr schwierig. Es war kaum auszuhalten, eine Nacht lang neben einem dieser haarigen Objekte zu verbringen, die, wenn auch nicht tot, so doch nicht im herkömmlichen Sinn lebendig waren. Sich andererseits an das Ende des Tisches zu setzen, so daß man im Laufe des Abends weniger und weniger von ihnen sehen und nicht wissen würde, ob sie sich bewegten, und sie schließlich gar nicht mehr sehen würde – nein, daran war auch nicht zu denken. So gingen sie ein ums andere Mal um den Tisch herum und sagten: „Wie wäre es denn hier?" und „Oder vielleicht noch ein Stück weiter" oder „Warum nicht auf dieser Seite?", bis sie sich zuletzt etwa in der Mitte niederließen, aber ein wenig näher zu den Schläfern als zum anderen Ende hin. Inzwischen war es etwa zehn Uhr und fast dunkel. Im Osten strahlten diese eigenartigen neuen Sternbilder. Lucy wäre es lieber gewesen, sie hätte den Leoparden, das Schiff oder andere alte Freunde vom Himmel Narnias gesehen.

Sie wickelten sich in ihre Schiffsumhänge, saßen still und warteten. Zuerst machten sie einen Versuch, sich zu unterhalten, aber es kam nicht viel dabei heraus. Und die ganze Zeit über hörten sie, wie sich die Wellen am Strand brachen.

Nach einigen Stunden, die ihnen wie eine Ewigkeit erschienen, kam ein Augenbick, so wie alle wußten, daß sie ein paar Sekunden zuvor noch gedöst hatten. Aber jetzt waren sie plötzlich hellwach. Die Sterne standen inzwischen alle an anderer Stelle. Der Himmel war schwarz, und nur im Osten war schwaches Grau zu sehen. Sie froren, waren ganz steif und hatten Durst. Keiner von ihnen redete, denn jetzt endlich geschah etwas.

Vor ihnen, jenseits der Säulen, lag der Abhang eines niedrigen Hügels. Nun öffnete sich dort im Hügel eine Tür, die Türöffnung wurde hell, eine Gestalt trat hervor, und die Tür schloß sich wieder hinter ihr. Die Gestalt trug ein Licht, und dieses Licht war alles, was sie genau erkennen konnten. Es kam langsam näher, bis es genau ihnen gegenüber vor dem Tisch stand. Jetzt konnten sie sehen, daß es ein hochgewachsenes Mädchen war, bekleidet mit einem langen blauen Gewand, das die Arme frei ließ. Es war barhäuptig, und das blonde Haar hing über seinen Rücken. Als sie das Mädchen anschauten, war ihnen klar, daß sie nie zuvor gewußt hatten, was Schönheit war.

Das Licht, das es getragen hatte, war eine hohe Kerze in einem silbernen Halter, den es jetzt auf den Tisch stellte. Sofern am Abend vom Meer her der Wind geweht hatte, so hatte er sich inzwischen gelegt, denn die Kerzenflamme brannte so gerade und so ruhig, als wären sie in einem Raum mit geschlossenen Fenstern. Gold und Silber schimmerten auf dem Tisch im Kerzenlicht.

Jetzt bemerkte Lucy etwas, was der Länge nach auf dem Tisch lag und ihrer Aufmerksamkeit bisher entgangen war. Es war ein steinernes Messer, scharf wie Stahl, ein grausam und altertümlich aussehendes Ding.

Keiner hatte bisher ein Wort gesprochen. Dann standen sie alle auf – Riepischiep machte den Anfang, und Kaspian folgte –, denn sie spürten, daß dies eine bedeutende Dame war.

„Reisende, die ihr von weit her zu Aslans Tisch gekommen seid", fragte das Mädchen, „warum eßt und trinkt ihr nicht?"

„Meine Dame", sagte Kaspian. „Wir fürchteten diese Speisen, denn wir dachten, sie hätten unsere Freunde in einen Zauberschlaf versetzt."

„Sie haben niemals davon gekostet", entgegnete das Mädchen.

„Bitte", sagte Lucy. „Was ist mit ihnen geschehen?"

„Vor sieben Jahren", begann das Mädchen, „kamen sie in einem Schiff hierher, dessen Segel nur noch aus Lumpen bestanden und dessen Planken kurz davor waren, auseinanderzufallen. Sie hatten noch ein paar Begleiter – Matrosen –, und als sie zu diesem Tisch kamen, sagte einer der drei: ‚Hier ist ein guter Ort. Wir wollen nicht länger Segel setzen, Segel reffen und rudern, sondern wir wollen Platz nehmen und unsere Tage in Frieden beenden!' Und der zweite sagte: ‚Nein, wir wollen aufbrechen und Richtung Westen, nach Narnia, segeln. Vielleicht ist dieser Miraz tot.' Aber der dritte, ein sehr gebieterischer Mann, sprang auf und sagte: ‚Nein! Wir sind Männer und Telmarer und keine Weichlinge. Unser Schicksal ist es, ein Abenteuer nach dem anderen zu suchen. Wir haben sowieso nicht mehr lange zu leben. Laßt uns in der Zeit, die uns noch verbleibt, die unbewohnten Welten hinter Sonnenaufgang erforschen.' Und während sie sich stritten, packte er das Steinmesser, das hier auf dem Tisch liegt, und wollte mit seinen Gefährten kämpfen. Aber dieses Messer war nicht für seine Hand bestimmt. Als sich seine Finger um den Griff schlossen, überfiel ein tiefer Schlaf die drei Männer. Und sie werden nicht aufwachen, bevor der Zauber gebrochen ist."

„Was hat es mit diesem Steinmesser auf sich?" fragte Eustachius.

„Weiß es keiner von euch?" wollte das Mädchen wissen.

„Ich – ich glaube", sagte Lucy, „daß ich so etwas Ähnliches schon einmal gesehen habe. Es war ein Messer wie dieses, das die Weiße Hexe benutzte, als sie vor langer Zeit am Steintisch Aslan tötete."

„Es war dieses Messer", sagte das Mädchen. „Es wurde hierhergebracht, um bis zum Ende der Welt in Ehren gehalten zu werden."

Edmund, der in den letzten Minuten immer unruhiger geworden war, ergriff das Wort.

„Ich hoffe, ich bin kein Feigling, ich meine, was diese Speisen betrifft – und ich will ganz bestimmt auch nicht unhöflich sein. Aber wir haben auf dieser Reise eine Menge seltsamer Abenteuer erlebt, und die Dinge sind nicht immer das, was sie scheinen. Wenn ich Euch ins Gesicht sehe, dann kann ich nicht anders, als Euch zu glauben: aber genau das könnte auch bei einer Hexe der Fall sein. Woher sollen wir wissen, daß Ihr uns wohlgesinnt seid?"

„Das könnt ihr nicht wissen", sagte das Mädchen. „Ihr könnt es nur glauben – oder nicht."

Nach einem Augenblick der Stille erklang die leise Stimme Riepischieps. „Herr", sagte er zu Kaspian. „Wäret Ihr wohl so gut, mir meinen Becher mit Wein aus diesem Krug zu füllen? Er ist zu groß für mich, und ich kann ihn nicht heben. Ich werde auf das Wohl dieser Dame trinken."

Kaspian kam diesem Wunsch nach, und auf dem Tisch stehend, hob die Maus zwischen ihren winzigen Pfoten einen goldenen Becher und sagte: „Meine Dame, ich trinke auf Euer Wohl." Dann aß er von dem kalten Pfauenbraten, und schon nach einem kurzen Augenblick folgten alle seinem Beispiel. Alle waren sehr hungrig, und obwohl das Mahl sich nicht unbedingt zu einem sehr frühen Frühstück eignete, war es als sehr spätes Nachtessen doch ganz ausgezeichnet.

„Warum wird dies hier Aslans Tisch genannt?" fragte Lucy.

„Er wird hier auf sein Geheiß gedeckt für die, die von weit her kommen", sagte das Mädchen. „Manche nennen diese Insel das Ende der Welt, denn obwohl man noch weiter segeln kann, so ist hier doch der Anfang vom Ende."

„Aber wie kommt es, daß diese Speisen nicht verderben?" fragte der praktische Eustachius.

„Sie werden jeden Tag aufgegessen und wieder erneuert", erklärte das Mädchen. „Ihr werdet es noch sehen."

„Und was machen wir mit den Schläfern?" fragte Kaspian. „In der Welt, aus der meine Freunde kommen" (er nickte in die Richtung von Eustachius, Edmund und Lucy), „gibt es ein Märchen von einem Prinzen oder einem König, der zu einem Schloß kommt, wo alle in einen Zauberschlaf versunken sind. In dieser Geschichte konnte der Prinz den Zauber brechen, indem er die Prinzessin küßte."

„Hier ist es anders“, sagte das Mädchen. „Hier kann er die Prinzessin erst küssen, wenn der Zauber gebrochen ist.“

„Dann zeigt mir im Namen Aslans, wie ich mich sofort an diese Aufgabe machen kann“, bat Kaspian.

„Mein Vater wird es Euch zeigen“, sagte das Mädchen.

„Euer Vater?“ fragten alle. „Wer ist er? Und wo ist er?“

„Schaut!“ sagte das Mädchen, wandte sich um und deutete auf die Tür im Hügel. Jetzt konnten sie diese Tür besser sehen, denn während sie sich unterhalten hatten, waren die Sterne immer schwächer geworden, und im Grau des östlichen Himmels erschienen große, weiße Lichtflecke.

DER ANFANG VOM ENDE DER WELT

Langsam öffnete sich die Tür, und heraus kam eine Gestalt, genauso groß und aufrecht wie die des Mädchens, nur war sie nicht so schlank. Sie trug kein Licht, sondern schien selbst Licht auszustrahlen. Als die Gestalt näherkam, sah Lucy, daß es ein alter Mann war. Sein silberner Bart reichte bis auf seine bloßen Füße, sein silbernes Haar fiel bis auf seine Fersen, und sein Gewand schien aus der Wolle silberner Schafe gewebt zu sein. Er sah so mild und so ernst aus, daß sich die Reisenden wieder erhoben und still stehen blieben.

Der alte Mann kam heran, ohne an die Reisenden das Wort zu richten. Er blieb auf der anderen Seite des Tisches gegenüber seiner Tochter stehen. Dann hoben beide die Arme und wandten sich nach Osten. In dieser Haltung begannen sie zu singen. Ich wollte, ich könnte das Lied aufschreiben, aber keiner der Anwesenden konnte sich später daran erinnern. Lucy sagte hinterher, es sei hoch, fast schrill, aber wunderschön gewesen. „Eine Art kaltes Lied, ein Lied für den frühen Morgen." Und während sie sangen, verschwanden die grauen Wolken am östlichen Himmel, und die weißen Flecke wurden größer und größer, bis alles weiß war und das Meer wie Silber zu leuchten begann. Und viel später (aber die beiden sangen die ganze Zeit über) färbte sich der Osten rot, und schließlich tauchte die Sonne aus dem Meer auf, und ihre langen, flachen

Strahlen fielen über den Tisch auf das Gold, das Silber und auf das Steinmesser.

Ein- oder zweimal hatten sich die Narnianen schon gefragt, ob die aufgehende Sonne hier nicht größer war als zu Hause. Jetzt waren sie sicher. Es gab keinen Zweifel. Und die Helligkeit ihrer Strahlen auf dem Tau und auf dem Tisch war weit stärker als jede morgendliche Helligkeit, die sie je gesehen hatten. Es war so, wie Edmund später sagte: „Obwohl auf dieser Reise viele Dinge geschahen, die sich viel aufregender anhören, so war dies doch der aufregendste Augenblick.“ Denn jetzt wußten sie, daß sie wirklich den Anfang vom Ende der Welt erreicht hatten.

Dann schien mitten aus der Sonne etwas auf sie zuzufliegen – aber natürlich konnte man nicht direkt in diese Richtung schauen, um sich zu vergewissern. Doch plötzlich war die Luft voller Stimmen – Stimmen, die das gleiche Lied anstimmten, welches das Mädchen und ihr Vater sangen, nur in viel wilderen Tönen und in einer Sprache, die keiner verstand. Und schon bald danach konnte man die Besitzer dieser Stimmen sehen. Es waren große weiße Vögel, und sie kamen zu Hunderten und zu Tausenden. Sie ließen sich überall nieder: auf dem Gras, den Steinplatten, dem Tisch, auf den Schultern, den Händen und den Köpfen, bis es aussah, als wäre alles von weißem Schnee bedeckt. Alle Konturen verschwammen und wurden sanfter. Lucy, die zwischen den Flügeln der auf ihr sitzenden Vögel hinauslugte, sah, wie ein Vogel zu dem alten Mann hinflog. Er hatte etwas im Schnabel, was wie eine kleine Frucht aussah, oder vielleicht war es auch ein kleines Stück glühender Kohle, denn es leuchtete so hell, daß man nicht hinschauen konnte. Und der Vogel legte es in den Mund des alten Mannes.

Dann hörten die Vögel auf zu singen und machten sich auf dem Tisch zu schaffen. Als sie wieder aufflogen, war alles Eßbare und Trinkbare vom Tisch verschwunden. Die Vögel, die sich zu Hunderten und Tausenden von ihrem Mahl erhoben, trugen alles weg, was man nicht essen oder trinken konnte, so wie Knochen, Krusten und Schalen. Sie flogen wieder zurück zur aufgehenden Sonne. Aber jetzt, wo sie nicht mehr sangen, schien ihr Flügelschlag die ganze Luft zum Erzittern zu bringen. Der Tisch war völlig leergepickt, und die drei Lords aus Narnia schliefen noch immer fest.

Jetzt wandte sich der alte Mann endlich zu den Reisenden und hieß sie willkommen. „Herr", sagte Kaspian. „Bitte sagt uns, wie wir den Zauber brechen können, der auf diesen drei narnianischen Lords liegt!"

„Das will ich dir gerne sagen, mein Sohn", sagte der alte Mann. „Um diesen Zauber zu brechen, müßt ihr zum Ende der Welt segeln, oder wenigstens so nahe heran wie möglich, und ehe ihr zurückkehrt, müßt ihr mindestens ein Mitglied eurer Gruppe dort zurücklassen."

„Und was passiert mit diesem Zurückgelassenen?" fragte Riepischiep.

„Er muß zum äußersten Osten weiterziehen und wird nie mehr in diese Welt zurückkehren."

„Das wünsche ich mir aus ganzem Herzen", sagte Riepischiep.

„Sind wir schon in der Nähe vom Ende der Welt, Herr?" fragte Kaspian.

„Kennt Ihr die Meere und die Länder, die noch östlicher liegen?"

„Ich habe sie vor langer Zeit gesehen", sagte der alte Mann. „Von hoch oben. Die Dinge, die ein Seefahrer wissen muß, kann ich euch nicht sagen."

„Meint Ihr damit, daß Ihr in der Luft geflogen seid?" stieß Eustachius hervor.

„Ich bin weit über der Luft geflogen", entgegnete der alte Mann. „Ich bin Ramandu. Aber ich sehe, daß ihr euch Blicke zuwerft und diesen Namen nicht kennt. Das ist nicht verwunderlich, denn die Tage, wo ich ein Stern war, waren schon längst vergangen, bevor einer von euch das Licht dieser Welt erblickt hat, und alle Sternbilder haben sich inzwischen geändert."

„Meine Güte", murmelte Edmund vor sich hin. „Er ist ein Stern im Ruhestand."

„Seid Ihr jetzt kein Stern mehr?" fragte Lucy.

„Ich bin ein Stern, der sich ausruht, meine Tochter", antwortete Ramandu. „Als ich das letzte Mal, unvorstellbar alt und gebrechlich, aufstieg, wurde ich zu dieser Insel getragen. Jetzt bin ich nicht mehr so alt wie damals. Jeden Morgen bringt mir ein Vogel aus den Tälern der Sonne eine Feuerbeere, und jede Feuerbeere nimmt ein wenig von meinem Alter weg. Und wenn ich endlich so jung bin wie ein Kind, das gestern geboren wurde, dann werde ich wieder aufsteigen (denn wir sind hier am östlichen Rand der Welt), und dann werde ich den großen Tanz von neuem beginnen."

„In unserer Welt", sagte Eustachius, „ist ein Stern ein riesiger Ball aus Materie oder brennendem Gas."

„Selbst in eurer Welt, mein Sohn, ist das nicht das, was ein Stern *ist*, sondern das, woraus er *besteht*. Und ihr habt in dieser Welt schon einmal einen Stern getroffen: denn ich glaube, ihr seid bei Koriakin gewesen."

„Ist er auch ein Stern im Ruhestand?" fragte Lucy.

„Nun, nicht ganz", sagte Ramandu. „Er wurde nicht nur zu seiner Erholung beauftragt, die Tölpel zu regieren. Man könnte sagen, daß es eine Bestrafung war. Wenn alles gutgegangen wäre, dann hätte er noch Jahrtausende am südlichen Winterhimmel scheinen können."

„Was hat er getan?" fragte Kaspian.

„Mein Sohn", sagte Ramandu. „Du, als Sohn Adams, hast kein Recht, zu erfahren, welche Fehler ein Stern begehen kann.

Aber kommt, wir verschwenden mit dieser Rederei unsere Zeit. Seid ihr entschlossen? Wollt ihr nach Osten segeln, einen aus eurer Gruppe für immer dort zurücklassen und dann wiederkehren, um den Zauber zu brechen? Oder wollt ihr nach Westen segeln?"

„Da besteht doch wohl keinerlei Zweifel, Herr", sagte Riepischiep. „Es ist ganz offensichtlich ein Teil unserer Aufgabe, diese drei Lords aus dem Zauberschlaf aufzuwecken."

„Ich bin derselben Ansicht, Riepischiep", antwortete Kaspian. „Und selbst wenn es nicht so wäre, so bräche es mir das Herz, dem Ende der Welt nicht so nahe zu kommen, wie die *Morgenröte* es uns gestattet. Aber ich denke an meine Männer. Sie haben angeheuert, um die sieben Lords zu suchen, und nicht, um das Ende der Welt zu erreichen. Es sind mutige Männer, aber ich sehe, daß einige von ihnen des Reisens müde sind und sich danach sehnen, daß sich unser Bug wieder Narnia zuwendet. Ich glaube nicht, daß ich sie ohne ihr Wissen und ohne ihre Einwilligung noch weiter nach Osten segeln lassen sollte. Und dann ist da noch der arme Lord Rhoop. Er ist ein gebrochener Mann."

„Mein Sohn", sagte der Stern. „Selbst wenn Ihr das wolltet, so wär es doch zwecklos, mit unwilligen Männern oder mit Männern, die im unklaren gelassen wurden, zum Ende der Welt zu segeln. Auf diese Weise kann man keine großen Entzauberungen zustande bringen. Sie müssen wissen, wohin sie fahren und warum. Aber wer ist der gebrochene Mann, von dem Ihr sprecht?"

Kaspian erzählte Ramandu die Geschichte von Lord Rhoop.

„Ich kann ihm geben, was er am meisten braucht", sagte Ramandu. „Auf dieser Insel gibt es Schlaf ohne Einschränkung und ohne Maß. Und dieser Schlaf wurde noch nie auch nur durch den Schatten eines Traumes gestört. Laßt ihn neben den anderen drei Männern sitzen und Vergessen trinken, bis ihr zurückkehrt!"

„Oh, Kaspian, das wollen wir tun!" rief Lucy. „Ich bin sicher, daß es genau das ist, was er will."

In diesem Augenblick wurden sie vom Klang vieler Schritte und Stimmen unterbrochen: Drinian und der Rest der Schiffsmannschaft näherten sich. Sie hielten überrascht an, als sie Ramandu und dessen Tochter sahen. Dann entblößten die Männer das Haupt, da die beiden offensichtlich mächtige Personen waren. Einige Matrosen beäugten voller Bedauern die leeren Schüsseln und die leeren Krüge auf dem Tisch.

„Mein Lord", sagte der König zu Drinian, „bitte schickt zwei Männer zurück zur *Morgenröte* mit einer Nachricht für Lord Rhoop. Laßt ihm sagen, daß die letzten seiner alten Schiffsgenossen hier sitzen und in einem traumlosen Schlaf versunken sind und daß er diesen Schlaf mit ihnen teilen kann."

Als dies geschehen war, befahl Kaspian den anderen, sich hinzusetzen. Dann erläuterte er ihnen die Situation. Als er geendet hatte, herrschte lange Stille. Ein paar der Männer flüsterten, und schließlich erhob sich der oberste Bogenschütze und sagte:

„Was einige von uns schon lange fragen wollten, Eure Majestät, ist, wie wir jemals wieder nach Hause kommen, wenn wir umkehren – ob wir nun hier beidrehen oder anderswo. Auf der ganzen Strecke haben westliche oder nordwestliche Winde geweht, abgesehen von gelegentlichen Flauten. Und wenn das so bleibt, dann wüßte ich gerne, welche Hoffnung uns bleibt, Narnia jemals wiederzusehen. Die Chancen sind gering, daß unsere Vorräte ausreichen, wenn wir die ganze Strecke *rudern* müssen."

„Das sind die Worte einer Landratte", sagte Drinian. „In diesen Meeren herrschen bis zum Spätsommer hauptsächlich westliche Winde, aber nach Neujahr schlagen sie immer um. Wir werden genug Wind haben, um nach Westen zu segeln – mehr, als uns lieb sein wird."

„Das stimmt, Herr", sagte ein alter Seemann, der von galmanischer Abstammung war. „Im Januar und Februar kommt viel schlechtes Wetter vom Osten her. Und wenn Ihr es gestattet, Herr – wenn ich über das Schiff zu befehlen hätte, so würde ich vorschlagen, hier zu überwintern und die Heimreise im März anzutreten."

„Wovon würden wir leben, wenn wir hier überwintern?" fragte Eustachius.

„Auf diesem Tisch", sagte Ramandu, „wird jeden Tag bei Sonnenuntergang ein königliches Mahl serviert sein."

„Das hört sich gut an", meinten ein paar der Matrosen.

„Eure Majestäten, meine Damen und Herren", begann Rynelf. „Da ist nur eine Sache, die ich noch sagen wollte. Kein einziger von uns wurde zu dieser Reise gezwungen. Wir sind Freiwillige. Und es sind einige unter uns, die an jenem Tag, als wir von Feeneden segelten, lauthals von Abenteuern redeten und die schworen, sie würden nicht heimkehren, bevor wir das Ende der Welt gefunden hätten. Und am Kai standen Männer, die alles dafür gegeben hätten, mit uns zu kommen. Damals war es ehrenvoller in einer Mannschaftskajüte an Bord der *Morgenröte* zu logieren, als einen Rittergürtel zu tragen. Ich weiß nicht, ob ihr versteht, was ich damit sagen will. Aber ich glaube, daß wir uns so lächerlich wie – wie diese Tölpelbeiner machen, wenn wir heimkommen und berichten, daß wir am Anfang vom Ende der Welt waren und nicht das Herz hatten, weiterzusegeln."

Einige der Matrosen stimmten begeistert zu, aber andere meinten, das sei ja alles schön und gut.

„Es wird verflixt schwierig werden", flüsterte Edmund Kaspian zu. „Was machen wir, wenn die Hälfte der Männer hierbleibt?"

„Warte“, flüsterte Kaspian zurück. „Ich habe noch eine Trumpfkarte in der Hand.“

„Hast du nichts zu sagen, Riep?“ flüsterte Lucy.

„Nein. Was erwartet Ihr von mir, Eure Majestät?“ antwortete Riepischiep so laut, daß es fast alle hörten. „Meine Pläne sind gemacht. Ich segle mit der *Morgenröte* so weit wie möglich nach Osten. Wenn die *Morgenröte* nicht mehr weiter kann, werde ich in meinem Weidenboot nach Osten weiterpaddeln. Sollte dieses Boot sinken, so werde ich mit meinen Pfoten nach Osten weiterschwimmen. Und wenn ich nicht mehr schwimmen kann und Aslans Land noch nicht erreicht habe und noch nicht in einem riesigen Wasserfall über den Rand der Welt gestürzt bin, dann werde ich mit der Nase in Richtung des Sonnenaufgangs untergehen, und Riepischiep wird der Herrscher der Sprechenden Mäuse von Narnia werden.“

„Hört, hört!“ sagte ein Matrose. „Ich sage dasselbe, abgesehen von der Sache mit dem Weidenboot, das zu klein ist, um mich zu tragen.“ Etwas leiser fügte er hinzu: „Ich lasse mich doch nicht von einer Maus ausstechen!“

An diesem Punkt sprang Kaspian auf. „Freunde!“ sagte er. „Ich glaube, ihr habt unser Vorhaben nicht ganz verstanden. Ihr redet, als kämen wir auf den Knien zu euch und würden um Matrosen betteln. So ist es ganz und gar nicht. Wir – Unser königlicher Bruder, Unsere königliche Schwester, deren Freund, Riepischiep der tapfere Ritter und Lord Drinian – haben die Aufgabe, zum Rand der Welt zu segeln. Es wird uns ein Vergnügen sein, von denen unter euch, die willig sind, diejenigen auszuwählen, die wir für würdig erachten, an einem so wichtigen Unternehmen teilzuhaben. Wir haben nicht gesagt, daß jeder mitkommen kann, der dies will. Deshalb werden wir jetzt Lord Drinian und Meister Rhince den Auftrag erteilen, sorgfältig zu erwägen, welche unter euch die ausdauerndsten Kämpfer, die besten Seeleute, die Treuesten und die Ehrenwertesten sind, und uns eine Liste dieser Namen zu erstellen." Er schwieg und sprach dann rascher weiter. „Bei Aslans Mähne!" rief er. „Glaubt ihr, das Vorrecht, die letzten Dinge der Welt zu sehen, könne man für ein Butterbrot kaufen? Jeder Mann, der mit uns kommt, wird den Titel ‚Morgenröte' an seine Nachkommen weitervererben, und wenn wir nach Feeneden zurückkehren, wird er genug Gold oder Land erhalten, um für den Rest seines Lebens reich zu sein. Nun – verteilt euch über die Insel. In einer halben Stunde werde ich die Namen entgegennehmen, die mir Lord Drinian vorlegt."

Keiner sagte etwas. Dann verbeugten sich die Männer, gingen in kleinen Gruppen in verschiedenen Richtungen davon und unterredeten sich.

„Und nun zu Lord Rhoop", sagte Kaspian.

Aber als er sich zum Kopfende des Tisches wandte, sah er, daß Rhoop schon dort saß. Er hatte sich während der Diskussion unbemerkt genähert und sich neben Lord Argoz gesetzt. Die Tochter Ramandus stand neben ihm, als hätte sie ihm gerade auf den Stuhl geholfen; Ramandu stand hinter ihm und legte beide Hände auf Rhoops graues Haupt. Selbst jetzt bei Tageslicht strahlten die Hände des Sterns schwaches Licht aus. Auf Rhoops hagerem Gesicht lag ein Lächeln. Er reichte eine Hand Lucy und die andere Kaspian. Einen Moment lang sah es so aus, als wolle er etwas sagen. Dann wurde sein Lächeln breiter, als fühle er, wie etwas Köstliches mit ihm geschah, und ein tiefer Seufzer der Zufriedenheit kam von seinen Lippen. Sein Kopf fiel nach vorne, und er schlief.

„Armer Rhoop", sagte Lucy. „Ich bin froh. Er muß schreckliche Zeiten hinter sich haben!"

„Wir wollen nicht daran denken", sagte Eustachius.

In der Zwischenzeit hatte Kaspians Rede, vielleicht unterstützt von einer Zauberkraft der Insel, genau den gewünschten Erfolg. Noch bevor die halbe Stunde zur Hälfte um war, versuchten schon einige der Männer, sich mit Drinian und mit Rhince „anzubiedern" (so wurde das zumindest in meiner Schule genannt), um gut abzuschneiden. Und schon bald waren nur noch drei übrig, die nicht mitwollten, und diese drei versuchten verzweifelt, andere zu überreden, mit ihnen dazubleiben. Und kurz darauf war nur noch einer übrig. Und schließlich bekam er Angst, ganz allein zurückgelassen zu werden, und änderte seine Meinung.

Als die halbe Stunde verstrichen war, kamen sie alle zu Aslans Tisch zurück und stellten sich an einem Ende auf, während Drinian und Rhince sich zu Kaspian setzten und ihren Bericht abgaben. Kaspian nahm alle Männer an mit Ausnahme des einen, der sich erst im letzten Augenblick entschlossen hatte. Sein Name war Pittenkrem, und er blieb auf der Insel des Sterns, während die anderen das Ende der Welt suchten, und er wünschte sich später sehr, er wäre mit ihnen gefahren. Und als die anderen zurückkehrten, war er so durcheinander, daß er auf der Heimreise bei den Einsamen Inseln desertierte und von da an in Kalormen lebte, wo er herrliche Geschichten über seine Abenteuer am Ende der Welt erzählte, bis er sie schließlich selbst glaubte.

In dieser Nacht aßen und tranken sie gemeinsam an dem riesigen Tisch zwischen den Säulen, wo sich das Festmahl auf geheimnisvolle Art und Weise erneuert hatte. Und am nächsten Morgen, nachdem die großen Vögel gekommen und wieder weggeflogen waren, wurde auf der *Morgenröte* das Segel gesetzt.

„Meine Dame", sagte Kaspian. „Ich hoffe, Euch wiederzusehen, wenn ich den Zauber gebrochen habe." Und Ramandus Tochter blickte ihn an und lächelte.

DIE WUNDER DES LETZTEN MEERES

Schon bald nachdem sie das Land Ramandus verlassen hatten, stieg in ihnen das Gefühl auf, sie wären schon über das Ende der Welt hinausgesegelt. Alles war anders. Erstens merkten sie, daß sie weniger Schlaf brauchten. Sie hatten kein Bedürfnis, sich schlafen zu legen, und keine Lust, viel zu essen. Nicht einmal reden wollten sie, und wenn, dann nur mit leiser Stimme. Das mit dem Licht war auch so eine Sache. Es gab zuviel davon. Wenn die Sonne am Morgen heraufkam, war sie zweimal, wenn nicht dreimal so groß wie normal. Und jeden Morgen flogen die riesigen weißen Vögel über sie hinweg (was Lucy ganz eigenartig berührte). Sie sangen ihr Lied mit menschlichen Stimmen und in einer Sprache, die keiner kannte, und verschwanden schließlich nach achtern auf dem Weg zu ihrem Frühstück an Aslans Tisch. Ein wenig später kamen sie zurückgeflogen und verschwanden im Osten.

Wie herrlich klar das Wasser ist, dachte Lucy, als sie sich am frühen Nachmittag des zweiten Tages über die Reling beugte.

Und dann bemerkte sie ein kleines schwarzes Ding, etwa so groß wie ein Schuh, das sich genauso schnell fortbewegte wie das Schiff. Einen Augenblick lang dachte sie, es wäre etwas, was an der Oberfläche dahintrieb. Aber da kam ein Stückchen altes Brot angeschwommen, das der Koch aus der Kombüse geworfen hatte. Und es sah so aus, als würde das Stückchen

Brot mit dem schwarzen Ding zusammenstoßen, aber dann tat es das doch nicht. Es bewegte sich darüber hinweg, und jetzt sah Lucy, daß sich das schwarze Ding nicht an der Oberfläche befinden konnte. Dann wurde es plötzlich sehr viel größer, doch schon eine Sekunde später nahm es seine ursprüngliche Gestalt wieder an.

Lucy wußte, daß sie so etwas schon einmal gesehen hatte – wenn sie sich nur erinnern könnte, wo das gewesen war! Schließlich fiel es ihr ein. Natürlich! Es war so, wie wenn man an einem hellen Sommertag aus dem Zug schaute. Dann konnte man den Schatten des Eisenbahnwagens, in dem man saß, mit der gleichen Geschwindigkeit neben dem Zug auf den Feldern dahingleiten sehen. Und wenn man an einer Böschung vorbeifuhr, kam der Schatten schlagartig näher auf einen zugeschossen, wurde größer und glitt auf dem Gras der Böschung entlang.

Es ist unser Schatten! Der Schatten der *Morgenröte*, dachte Lucy. Unser Schatten, der am Meeresgrund dahingleitet. Als er vorher größer geworden ist, da glitt er gerade über eine Erhebung. Aber in diesem Fall muß das Wasser noch klarer sein, als ich dachte. Meine Güte, es muß der Meeresgrund sein, den ich da weit, weit unter mir sehe!

Im selben Moment wurde ihr klar, daß die große silbrige Fläche, die sie einige Zeit lang gesehen hatte (ohne sie wirklich wahrzunehmen), der sandige Meeresboden gewesen sein mußte und daß die dunkleren und die helleren Flecken keine Schatten waren, sondern wirkliche Gegenstände auf dem Grund. Im Moment segelten sie über eine weiche, purpurn gefleckte grüne Masse mit einem breiten, sich dahinschlängelnden Streifen von fahlem Grau in der Mitte. Aber jetzt, wo sie wußte, daß es auf dem Grund war, sah sie es viel besser. Sie konnte erkennen, daß gewisse Teile der dunklen Masse viel höher lagen als der Rest und daß sie sanft wogten. Genau wie Bäume im Wind, dachte Lucy. Und ich glaube, das ist es auch. Es ist ein Unterwasserwald!

Sie segelten darüber hinweg, und plötzlich lief ein weiterer grauer Streifen auf den ersten grauen Streifen zu. Wenn ich da unten wäre, dachte Lucy, dann wäre dieser Streifen wie eine Straße, die durch den Wald führt. Und dort, wo der andere Streifen auftrifft, da ist eine Kreuzung. Ach, wenn es nur so wäre! Oh! Der Wald hört auf! Und ich glaube, der Streifen war wirklich eine Straße! Jetzt auf dem offenen Sand sehe ich ihn noch immer. Aber jetzt hat er eine andere Farbe. Und an den Seitenrändern ist er markiert – mit einer unterbrochenen Linie. Vielleicht sind das Steine. Und jetzt wird er breiter!

Aber in Wirklichkeit wurde er nicht breiter, sondern er kam näher. Sie merkte das daran, daß der Schatten des Schiffes plötzlich wieder auf sie zukam. Und die Straße – sie war jetzt sicher, daß es eine Straße war – begann in Zickzacklinien zu verlaufen. Offensichtlich kletterte sie einen steilen Berg empor. Und wenn Lucy den Kopf zur Seite wandte und zurückschaute, dann sah sie genau das, was man sieht, wenn man von einer Bergspitze auf eine sich nach oben windende Straße hinunterschaut. Sie sah sogar die Sonnenstrahlen, die durch das tiefe Wasser auf das bewaldete Tal fielen. Ganz in der Ferne verschwamm alles zu einem dämmrigen Grau. Aber manche Stellen – vermutlich die Stellen, die von der Sonne beschienen wurden – waren tiefblau. Sie konnte jedoch nicht viel Zeit darauf verwenden, zurückzuschauen, denn das, was jetzt vorne in Sicht kam, war viel zu aufregend. Die Straße war inzwischen offensichtlich auf der Spitze des Berges angelangt und führte nun geradeaus. Kleine Flecken bewegten sich darauf hin und her. Und jetzt – glücklicherweise im klaren Sonnenlicht oder zumindest so klar, wie Sonnenlicht eben ist, wenn es durch tiefes Wasser fällt –, jetzt tauchte etwas ganz Phantastisches auf. Es war höckerig und zerklüftet und hatte die Farbe von Perlen oder vielleicht von Elfenbein. Lucy befand sich fast genau darüber, und so konnte sie zuerst kaum erkennen, was es war. Aber alles wurde ihr klar, als sie den dazugehörigen Schatten sah. Die Sonnenstrahlen fielen über Lucys Schultern, und so lag der Schatten dessen, was es auch immer sein mochte, auf dem Sand ausgebreitet dahinter. Und an der Form des Schattens sah sie, daß er von Türmen und Zinnen, Minaretten und Domen herstammte.

Meine Güte! Es ist eine Stadt oder ein riesiges Schloß, dachte Lucy. Sie ließen die Stadt hinter sich, aber der Meeresgrund stieg immer noch an. Er lag jetzt nur noch etwa hundert Meter unter ihnen. Die Straße war verschwunden. Sie segelten über ein offenes, parkähnliches Gelände, mit einzelnen kleinen Waldungen mit Gewächsen in leuchtenden Farben. Und dann – Lucy hätte vor Aufregung fast aufgeschrien –, dann sah sie Leute.

Es waren zwischen fünfzehn und zwanzig, und sie saßen alle auf Seepferden – nicht auf den winzig kleinen Seepferdchen, die ihr vielleicht schon einmal im Museum gesehen habt, sondern auf Pferden, die um einiges größer waren als die Leute selbst. Es müssen edle und mächtige Leute sein, dachte Lucy, denn bei einigen sah sie auf der Stirn Gold glänzen, und smaragdgrüne und orangefarbene Bänder hingen von ihren Schultern und bewegten sich in der Strömung. Dann …

Oh, zum Teufel mit diesen Fischen! dachte Lucy, denn ein ganzer Schwarm kleiner, fetter Fische, die dicht unter der Oberfläche schwammen, verdeckte ihr die Sicht auf die Meermenschen. Plötzlich schoß ein grimmiger kleiner Fisch, der völlig fremdartig aussah, von unten herauf, schnappte und sank dann mit einem der fetten Fische im Maul rasch wieder nach unten. Die Meermenschen saßen auf ihren Pferden und beobachteten, was da geschah. Sie schienen alle zu reden und zu lachen. Und noch bevor der jagende Fisch mit seiner Beute bei ihnen angelangt war, kam ein zweiter von diesen eigenartigen Fischen nach oben. Lucy war fast sicher, daß ihn einer der Meermenschen, der inmitten der Gruppe auf seinem Seepferd saß, heraufgeschickt hatte, und es sah so aus, als hätte er ihn bis dahin festgehalten.

Meine Güte, dachte Lucy. Es ist eine Jagdpartie! Oder eher so etwas wie eine Falkenjagd. Ja, das ist es. Sie reiten mit diesen grimmigen kleinen Fischen am Handgelenk aus, genau wie wir mit den Falken am Handgelenk ausritten, als wir vor langer Zeit Könige und Königinnen in Feeneden waren. Und dann lassen sie sie fliegen – oder eigentlich müßte man sagen schwimmen –, um andere Fische anzugreifen. Wie …

Plötzlich hielt sie in ihren Gedanken inne, weil die Szene wechselte. Die Meermenschen hatten die *Morgenröte* bemerkt. Der Fischschwarm hatte sich nach allen Richtungen zerstreut, und die Meerleute kamen nach oben, um herauszufinden, was dieses große schwarze Ding zu bedeuten hatte, das sich zwischen sie und die Sonne geschoben hatte. Und jetzt waren sie so dicht unter der Oberfläche, daß Lucy mit ihnen hätte sprechen können, wenn sie an der Luft und nicht im Wasser gewesen wären. Es waren Frauen und Männer. Alle trugen eine Art Krone, und viele hatten Perlenketten um den Hals. Abgesehen davon trugen sie keine Kleider. Ihr Körper hatte die Farbe von vergilbtem Elfenbein, und ihr Haar war dunkelrot. Der König in der Mitte der Gruppe (er war ohne Zweifel der König) blickte Lucy stolz und grimmig ins Gesicht und drohte mit dem Speer in seiner Hand. Seine Ritter taten dasselbe. Auf dem Gesicht der Frauen lag Erstaunen. Lucy war sicher, daß sie noch nie ein Schiff oder einen Menschen gesehen hatten.

„Was starrst du denn da an, Lu?" sagte eine Stimme neben ihr.

Lucy war in das, was sie sah, so versunken, daß sie beim Klang der Stimme zusammenfuhr. Und als sie sich umdrehte, merkte sie, daß ihr Arm von dem langen, unbeweglichen Aufstützen auf der Reling eingeschlafen war. Drinian und Edmund standen neben ihr.

„Seht!“ rief sie.

Sie schauten beide, und sogleich sagte Drinian mit leiser Stimme:

„Dreht Euch um, Majestäten – ja, mit dem Rücken zum Meer. Und laßt Euch nicht anmerken, daß wir über etwas Wichtiges reden!“

„Warum, was ist los?“ fragte Lucy, während sie gehorchte.

„Die Matrosen dürfen all dies niemals sehen“, erklärte Drinian. „Sonst verlieben sich die Männer in eine Meerfrau oder in das Unterwasserland und springen über Bord. Ich habe schon davon gehört, daß auf seltsamen Meeren derartige Dinge passiert sind. Es bringt immer Unglück, diese Leute zu sehen.“

„Aber wir haben sie doch früher gekannt!“ protestierte Lucy. „Damals in Feeneden, als mein Bruder Peter König war. Bei der Krönung kamen sie an die Oberfläche und sangen.“

„Ich glaube, das muß eine andere Art gewesen sein, Lu“, sagte Edmund. „Sie konnten sowohl an der Luft als auch unter Wasser leben. Ich meine fast, daß diese hier das nicht können. Sonst wären sie sicher schon aufgetaucht und hätten uns angegriffen. Sie sehen sehr grimmig aus.“

„Wie dem auch sei“, begann Drinian, doch in diesem Augenblick ertönten zwei Geräusche. Das erste war ein lautes Platschen. Das zweite war eine Stimme von der Kampfplattform, die rief: „Mann über Bord!“ Sofort setzte fieberhafte Aktivität ein. Einige der Matrosen kletterten rasch nach oben, um das Segel einzuholen. Andere rannten nach unten an die Ruder, und Rhince, der auf dem Achterdeck Dienst tat, warf das Ruder herum, um zu wenden und zu dem Mann zurückzukehren, der über Bord gegangen war. Aber inzwischen wußten alle, daß es eigentlich kein Mann war, sondern Riepischiep.

„Diese Maus soll verdammt sein!“ rief Drinian. „Sie macht mehr Schwierigkeiten als der ganze Rest der Mannschaft zusammen. Wenn es irgendein Schlamassel gibt, in das man sich stürzen kann, dann ist Riepischiep der erste! Man sollte ihn in Ketten legen – und am Kiel mitziehen – und ihn aussetzen – und seinen Schnurrbart abschneiden! Kann irgend jemand das kleine Ekel sehen?“

All das bedeutete nicht, daß Drinian Riepischiep nicht mochte. Im Gegenteil – er mochte ihn sehr gerne und hatte deshalb Angst um ihn, und wenn er Angst hatte, bekam er immer schlechte Laune. Natürlich fürchtete keiner, Riepischiep könnte ertrinken, denn er war ein ausgezeichneter Schwimmer. Aber die drei, die wußten, was sich unter der Wasseroberfläche abspielte, hatten Angst vor diesen langen, grausamen Speeren in den Händen der Meermenschen.

Ein paar Minuten später hatte die *Morgenröte* gewendet, und alle sahen den dunklen Fleck im Wasser. Das war Riepischiep. Er plapperte voller Aufregung, doch weil er dauernd Wasser in den Mund bekam, verstand keiner, was er sagte.

„Er wird alles ausplaudern, wenn wir ihn nicht zum Schweigen bringen!“ rief Drinian. Deshalb rannte er selbst zur Bordwand, ließ ein Tau hinunter und rief den Matrosen zu: „Alles in Ordnung, alles in Ordnung! Zurück auf eure Plätze! Ich hoffe doch, daß ich ohne Hilfe eine Maus an Bord ziehen kann!“ Als Riepischiep begann, am Seil hochzuklettern – nicht sehr behende, denn das Wasser in seinem Fell machte ihn schwer –, lehnte sich Drinian vor und flüsterte ihm zu:

„Sag nichts! Kein Wort!“

Doch als die tropfende Maus auf Deck angelangt war, stellte sich heraus, daß sie an den Meermenschen ganz und gar nicht interessiert war.

„Süß!" piepste sie. „Süß! Süß!"

„Wovon redest du?" fragte Drinian ärgerlich. „Und du brauchst dich auch nicht direkt vor *mir* auszuschütteln!"

„Ich sage, daß das Wasser süß ist", sagte die Maus. „Es ist Süßwasser, kein Salzwasser."

Einen Moment lang wurde keinem richtig klar, was das bedeutete. Doch dann wiederholte Riepischiep noch einmal die alte Prophezeiung:

„Wo die Wellen sich zur Süße wenden,
zweifle nicht, Riepischiep,
dort wird deine Suche enden,
dort ist der äußerste Osten."

Nun verstanden sie endlich.

„Gib mir einen Eimer, Rynelf!" sagte Drinian.

Er bekam ihn, ließ ihn hinunter und zog ihn wieder herauf. Das Wasser in dem Eimer schimmerte wie Glas.

„Vielleicht will Eure Majestät zuerst probieren", sagte Drinian zu Kaspian.

Der König nahm den Eimer in beide Hände, hob ihn zu seinen Lippen, kostete, nahm dann einen tiefen Zug und hob den Kopf. Sein Gesicht hatte sich verändert. Nicht nur seine Augen, alles an ihm schien strahlender.

„Ja", sagte er. „Es ist süß. Es ist tatsächlich richtiges Trinkwasser. Ich weiß noch nicht, ob ich daran sterbe. Aber dies wäre der Tod, den ich mir wünschte – könnte ich ihn mir aussuchen."

„Was meinst du damit?" fragte Edmund.

„Es ist eher so wie Licht als wie irgend etwas anderes", sagte Kaspian.

„Das ist es auch", sagte Riepischiep. „Trinkbares Licht. Wir müssen jetzt dem Ende der Welt sehr nahe sein."

Einen Augenblick lang herrschte Stille. Dann kniete sich Lucy nieder und trank aus dem Eimer.

„Das ist das Beste, was ich je gekostet habe", sagte sie. „Aber – es ist stark! Jetzt brauchen wir nichts mehr zu *essen.*"

Dann tranken nacheinander alle anderen. Lange Zeit verharrten sie schweigend. Sie fühlten sich so gut und so stark, daß sie es kaum ertragen konnten, und plötzlich merkten sie auch noch etwas anderes. Wie ich vorher schon sagte, war es die ganze Zeit über, seit sie die Insel Ramandus verlassen hatten, viel zu hell gewesen – die Sonne war zu groß (aber nicht zu heiß), das Meer zu klar, die Luft zu grell gewesen. Jetzt war es nicht weniger hell – wenn möglich, so wurde es noch heller –, aber jetzt konnten sie diese Helligkeit ertragen. Sie konnten ohne zu blinzeln nach oben zur Sonne schauen. Sie sahen mehr Licht als jemals zuvor. Das Deck und das Segel und ihre eigenen Gesichter und Körper wurden heller und heller, und alle Taue an Bord strahlten. Und am nächsten Morgen, als die Sonne aufging (die inzwischen fünf- oder sechsmal so groß war wie normalerweise), starrten sie direkt in sie hinein und sahen sogar die Federn der Vögel, die von dort angeflogen kamen.

Den ganzen Tag über wurde an Bord kaum ein Wort gesprochen, und erst zur Abendessenszeit (allerdings wollte keiner etwas essen, denn das Wasser reichte ihnen völlig), sagte Drinian:

„Ich verstehe das nicht. Kein Windhauch ist zu spüren. Das Segel hängt regungslos da. Die See ist so glatt wie ein Teich. Und trotzdem bewegen wir uns so schnell vorwärts, als hätten wir einen Sturm im Rücken."

„Das habe ich mir auch schon gedacht", entgegnete Kaspian. „Hier muß eine starke Strömung herrschen."

„Hm", meinte Edmund. „Wenn die Welt tatsächlich eine Kante hat und wir uns dieser Kante nähern, dann ist das gar kein so schöner Gedanke!"

„Meinst du, daß wir vielleicht – daß wir über die Kante gespült werden?“ fragte Kaspian.

„Ja, ja!“ rief Riepischiep und klatschte in die Pfötchen. „So habe ich es mir immer vorgestellt – daß die Welt aussieht wie ein großer runder Tisch und daß das Wasser von allen Meeren endlos über die Kante abfließt. Das Schiff wird nach vorne kippen, auf dem Bug stehen, einen Augenblick lang werden wir über die Kante sehen können – und dann abwärts, abwärts – rasend schnell …“

„Und was wird uns deiner Meinung nach am Grund erwarten, hm?“ fragte Drinian.

„Vielleicht das Land Aslans“, sagte die Maus mit funkelnden Augen. „Oder vielleicht gibt es keinen Grund. Vielleicht geht es für alle Ewigkeiten abwärts. Aber wie es auch immer sein mag – wird es nicht dadurch aufgewogen, daß wir einen Augenblick lang über den Rand der Welt schauen dürfen?“

„Aber sieh mal“, sagte Eustachius. „Das ist doch alles Unsinn. Die Welt ist rund – ich meine rund wie ein Ball und nicht rund wie ein Tisch.“

„Das trifft für *unsere* Welt zu“, sagte Edmund. „Aber ob es für diese hier auch zutrifft?“

„Wollt ihr damit sagen“, entgegnete Drinian, „daß ihr drei aus einer Welt kommt, die so rund ist wie ein Ball, und daß ihr mir das nie gesagt habt? Das ist wirklich nicht schön von euch! Denn bei uns gibt es Märchen, in denen von runden Welten berichtet wird, und die habe ich immer geliebt. Ich habe nie geglaubt, daß es sie wirklich gibt. Aber ich habe mir immer gewünscht, daß es sie gäbe, und ich habe mich immer danach gesehnt, in einer solchen Welt zu leben. Oh, ich würde alles dafür geben – ich frage mich, warum ihr in unsere Welt kommen könnt und wir nicht in die eure? Wenn ich das nur könnte! Es muß aufregend sein, auf einem Ding zu leben, das aussieht wie ein Ball. Seid ihr jemals in den Gegenden gewesen, wo die Leute mit dem Kopf nach unten laufen?“

Edmund schüttelte den Kopf. „Und so ist es auch nicht", fügte er hinzu. „So eine runde Welt ist gar nicht besonders aufregend, wenn man dort lebt."

DAS ÄUSSERSTE ENDE DER WELT

Neben Drinian, Edmund und Lucy war Riepischiep der einzige an Bord, der die Meermenschen gesehen hatte. Er war sofort ins Wasser gesprungen, als er sah, wie der Meerkönig mit dem Speer drohte, denn er hielt dies für eine Art Warnung oder Herausforderung, und er wollte die Sache an Ort und Stelle klären. Aber die aufregende Entdeckung, daß das Wasser nicht mehr salzig war, hatte ihn abgelenkt, und bevor ihm die Meermenschen wieder in den Sinn kamen, hatten ihn Lucy und Drinian beiseite genommen und ihn gebeten, nichts darüber zu sagen, was er gesehen hatte.

So, wie die Dinge sich entwickelten, hätten sie sich ihre Befürchtungen sparen können, denn inzwischen glitt die *Morgenröte* über einen Teil des Meeres, der unbewohnt zu sein schien. Niemand außer Lucy sah jemals noch etwas von den Meermenschen, und selbst sie erhaschte nur noch einen flüchtigen Blick. Den ganzen Vormittag des nächsten Tages über segelten sie in flachem Wasser über dichtbewachsenem Grund. Kurz vor Mittag sah Lucy eine große Gruppe von Fischen zwischen den Meerespflanzen weiden. Sie aßen unentwegt und bewegten sich alle in die gleiche Richtung. Genau wie eine Schafherde, dachte Lucy. Plötzlich sah sie inmitten der Fische ein kleines Meermädchen, das etwa genauso alt war wie sie selbst. Es blickte ruhig und einsam und hielt eine Art Hirtenstab in der

Hand. Lucy war sicher, daß dies eine Schäferin – oder eher eine Fischhirtin – war. Sowohl die Fische als auch das Mädchen befanden sich ziemlich dicht unter der Oberfläche. Gerade als sich Lucy, die sich über die Reling lehnte, über dem im seichten Wasser dahingleitenden Mädchen befand, schaute das Mädchen auf und blickte Lucy genau ins Gesicht. Keine von beiden konnte etwas zur anderen sagen, und schon einen Augenblick später verschwand das Mädchen nach achtern. Aber das Gesicht vergaß Lucy nie. Es war nicht erschrocken oder ärgerlich wie die Gesichter der anderen Meermenschen. Lucy hatte das Mädchen liebgewonnen, und sie war sicher, daß das Mädchen für sie das gleiche empfunden hatte. In diesem einen Augenblick waren sie Freundinnen geworden.

Danach glitt die *Morgenröte* viele Tage lang ohne Wind in den Segeln und ohne Schaum vor dem Bug über ein wellenloses Meer nach Osten. Jeden Tag und jede Stunde wurde das Licht strahlender, und doch wurde es nicht unerträglich. Keiner aß, keiner schlief, und keiner verspürte den Wunsch dazu. Aber sie zogen viele Eimer des schimmernden Wassers aus dem Meer, das stärker war als Wein und auch irgendwie flüssiger als gewöhnliches Wasser, und mit tiefen Zügen tranken sie sich gegenseitig zu. Und dieser und jener der Matrosen, die zu Beginn der Reise ältere Männer gewesen waren, wurden jetzt von Tag zu Tag jünger. Alle an Bord waren erfüllt von Freude und Erregung, aber es war keine Erregung, die zum Reden verführt. Je weiter sie segelten, desto weniger sprachen sie, und wenn sie sprachen, dann flüsterten sie. Die Stille dieses letzten Meeres hatte von ihnen Besitz ergriffen.

„Mein Lord“, sagte Kaspian eines Tages zu Drinian. „Was seht Ihr vor uns?“

„Herr“, antwortete Drinian. „Ich sehe etwas Weißes. Es reicht über den ganzen Horizont, von Norden nach Süden, so weit meine Augen reichen.“

„Das gleiche sehe auch ich“, sagte Kaspian. „Und ich kann mir nicht vorstellen, was das sein könnte.“

„Wenn wir uns in nördlicheren Breiten befänden, Eure Majestät“, sagte Drinian, „dann würde ich sagen, es sei Eis. Aber das kann es nicht sein; nicht hier. Trotzdem sollten wir Männer an die Ruder schicken, die das Schiff gegen die Strömung anhalten. Was immer das Zeug ist, wir wollen nicht mit dieser Geschwindigkeit hineinfahren!“

Dies geschah, und das Schiff wurde immer langsamer. Das weiße Etwas enthüllte auch beim Näherkommen sein Geheimnis nicht. Wenn es Land war, so mußte es ein sehr seltsames Land sein, denn es schien genauso glatt zu sein wie das Wasser, und es schien auf der gleichen Ebene zu liegen. Als sie ganz nahe herangekommen waren, warf Drinian das Steuer herum und drehte die *Morgenröte* nach Süden, so daß sie der Breite nach im Strom lag. Dann ließ er ein Stück am Rand der weißen Masse entlangrudern. Dabei machten sie eine wichtige Entdeckung: die Strömung war nur etwa zwölf Meter breit, und der Rest des Meeres lag so ruhig wie ein Teich da. Das war eine gute Neuigkeit für die Mannschaft, die schon befürchtet hatte, die Rückfahrt zum Lande Ramandus könne sich als recht unangenehm erweisen, wenn man die ganze Strecke gegen die Strömung rudern mußte.

Und noch immer konnte keiner herausfinden, was diese weiße Masse war. Dann wurde das Boot hinuntergelassen und ausgeschickt, um Nachforschungen anzustellen. Diejenigen, die auf der *Morgenröte* geblieben waren, konnten sehen, daß sich das Boot genau in die weiße Masse hineinschob. Sie hörten über das stille Wasser ganz klar die schrillen und überraschten Stimmen der Gruppe im Boot. Dann herrschte Stille, während Rynelf am Bug eine Tiefenlotung vornahm; und als das Boot danach wieder zurückkam, schien eine Menge von der weißen Masse darin zu liegen. Alle versammelten sich an der Reling, um zu hören, was es zu berichten gab.

„Es sind Lilien, Eure Majestät!“ rief Rynelf, der im Bug des Bootes stand.

„*Was* hast du gesagt?“ fragte Kaspian.

„Es sind blühende Wasserlilien, Eure Majestät“, sagte Rynelf. „So wie in einem Gartenteich zu Hause.“

„Schaut!“ rief Lucy, die im Heck des Bootes saß. Sie hielt ihre nassen Arme hoch, die voll waren mit weißen Blütenblättern und breiten, glatten Blättern.

„Wie tief ist es, Rynelf?“ fragte Drinian.

„Das ist das eigenartige daran, Kapitän“, sagte Rynelf. „Es ist immer noch tief. Dreieinhalb Faden.“

„Dann können es keine richtigen Wasserlilien sein – auf jeden Fall nicht das, was wir so nennen“, sagte Eustachius.

Vermutlich stimmte das auch, aber sie sahen ganz ähnlich aus. Und als die *Morgenröte* nach einigen Diskussionen in die Strömung zurückdrehte und begann, nach Osten durch das Lilienmeer oder das Silbermeer zu gleiten (sie versuchten es mit beiden Namen, aber schließlich blieb der Name Silbermeer hängen, und der steht jetzt auf Kaspians Karte), begann der seltsamste Teil ihrer Reise. Schon bald war das offene Meer hinter ihnen nur noch ein schmaler blauer Streifen am westlichen Horizont. Das Weiß mit einem schwachen goldenen Schimmer erstreckte sich nach allen Seiten, und nur hinter dem Schiff, dort, wo es die Wasserlilien auseinandergeschoben hatte, lag ein offener, wie dunkelgrünes Gras schimmernder Weg. Dieses Meer hier sah ganz ähnlich aus wie die Arktis; und wenn ihre Augen nicht inzwischen so stark geworden wären wie die eines Adlers, dann wäre die Sonne auf all dem Weiß unerträglich gewesen – besonders am frühen Morgen, wo die Sonne am größten war. Am Abend hatte das Weiß zur Folge, daß es länger hell blieb. Die Lilien schienen kein Ende zu nehmen. Tag für Tag entströmte diesem endlosen Blumenteppich ein Geruch, den Lucy kaum beschreiben konnte – er war süß, ja, aber keinesfalls betäubend, es war ein frischer, wilder, einsamer Duft, der ins Gehirn einzudringen schien, so daß man meinte, man könne im Laufschritt Berge besteigen oder mit einem Elefanten einen Ringkampf austragen. Lucy und Kaspian sagten zueinander: „Ich habe das Gefühl, ich kann es nicht mehr lange aushalten, aber ich will auch nicht, daß es aufhört."

Sie loteten oft die Tiefe, aber erst ein paar Tage später begann das Wasser, allmählich immer flacher zu werden. Schließlich kam ein Tag, an dem sie aus der Strömung herausrudern und sich im Schneckentempo vorwärts tasten mußten. Und schon bald war klar, daß sie mit der *Morgenröte* nicht weiter nach Osten segeln konnten. Tatsächlich schafften sie es nur durch sehr geschicktes Manövrieren, nicht auf Grund zu laufen.

„Setzt das Boot aus!" rief Kaspian. „Und ruft die Männer nach hinten! Ich muß mit ihnen reden."

„Was hat er vor?" flüsterte Eustachius Edmund zu. „Er hat einen eigenartigen Ausdruck in den Augen."

„Ich vermute, daß wir alle gleich aussehen", sagte Edmund.

Sie gesellten sich zu Kaspian auf das Achterdeck, und schon bald hatten sich alle Männer am Fuß der Leiter versammelt, um zu hören, was ihr König ihnen zu sagen hatte.

„Freunde", sagte Kaspian. „Wir haben jetzt die Aufgabe erfüllt, zu der wir aufgebrochen sind. Das Verbleiben der sieben Lords ist aufgeklärt, und da Sir Riepischiep geschworen hat, nicht mehr zurückzukehren, werden Lord Revilian, Lord Argoz und Lord Mavramorn sicher erwacht sein, wenn ihr zum Lande Ramandus zurückkehrt. Ich vertraue Euch, Lord Drinian, dieses Schiff an und bitte Euch, so schnell wie möglich nach Narnia zurückzusegeln – und vor allem nicht an der Todeswasserinsel zu landen. Und bittet meinen Regenten, den Zwerg Trumpkin, all meinen Schiffsgenossen das zu geben, was ich ihnen versprochen habe. Sie haben es redlich verdient. Und wenn ich nicht zurückkehre, so ist es mein Wille, daß Trumpkin, Meister Cornelius, der Dachs Trüffeljäger und Lord Drinian den König von Narnia wählen, mit der Einwilligung …"

„Aber Herr!" unterbrach Drinian. „Wollt Ihr abdanken?"

„Ich gehe mit Riepischiep, um das Ende der Welt zu sehen", antwortete Kaspian.

Ein entsetztes Murmeln lief durch die Reihen der Matrosen.

„Wir werden das Boot nehmen", sagte Kaspian. „Ihr werdet es in diesen ruhigen Meeren nicht brauchen, und auf der Insel Ramandus könnt ihr ein neues bauen. Und jetzt …"

„Kaspian!" unterbrach Edmund plötzlich mit strenger Stimme. „Das kannst du nicht tun!"

„Ganz gewiß kann Seine Majestät das nicht!" bestätigte Riepischiep.

„Nein, auf keinen Fall", sagte Drinian.

„Ich kann nicht?" fragte Kaspian scharf und sah einen Moment lang seinem Onkel Miraz recht ähnlich.

„Ich bitte Eure Majestät um Verzeihung", rief Rynelf, der unten an Deck stand, „aber wenn das einer von uns täte, dann würde man es ‚desertieren' nennen!"

„Du nimmst dir auf Grund deiner langen Dienstzeit zuviel heraus, Rynelf!" sagte Kaspian.

„Nein, Herr! Er hat vollkommen recht!" sagte Drinian.

„Bei der Mähne Aslans", erwiderte Kaspian. „Ich habe gedacht, ihr alle wärt meine Untertanen und nicht meine Schulmeister."

„Ich bin nicht dein Untertan", widersprach Edmund, „und ich sage, daß du das *nicht* tun kannst!"

„Ich kann nicht?" fragte Kaspian. „Was meinst du damit?"

„Wenn es Eurer Majestät beliebt, so meinen wir, Ihr *dürft nicht*!" sagte Riepischiep mit einer tiefen Verbeugung. „Ihr seid der König von Narnia, Ihr verscherzt das Vertrauen Eurer Untertanen und vor allem das von Trumpkin, wenn Ihr nicht zurückkehrt. Ihr dürft Euch nicht mit Abenteuern vergnügen, als wäret Ihr nur eine Privatperson. Und wenn Ihr keine Vernunft annehmt, dann verlangt die Treue, daß mir jeder Mann an Bord dabei hilft, Euch zu entwaffnen und zu fesseln, bis Ihr wieder bei Sinnen seid."

„Ganz richtig", sagte Edmund. „Wie man es mit Odysseus machte, als er zu den Sirenen wollte."

Kaspians Hand lag auf dem Griff seines Schwertes, als Lucy sagte: „Und du hast der Tochter Ramandus fest versprochen zurückzukehren."

Kaspian schwieg. „Nun ja. Das mag sein", sagte er schließlich. Er stand einen Moment lang unentschlossen da, dann rief er allen zu:

„Nun, wie ihr wollt. Unsere Mission ist beendet. Wir kehren alle zurück. Holt das Boot wieder ein!"

„Herr", sagte Riepischiep, „wir kehren nicht *alle* zurück. Ich werde, wie ich zuvor erklärt habe ..."

„Ruhe!" donnerte Kaspian. „Ich habe mich belehren lassen, aber ich lasse mich nicht noch länger plagen! Kann niemand diese Maus zum Schweigen bringen?"

„Eure Majestät hat versprochen", sagte Riepischiep, „den Sprechenden Tieren von Narnia ein guter Herr zu sein."

„Für die Sprechenden Tiere trifft das zu", entgegnete Kaspian. „Aber über Tiere, die nie aufhören zu reden, habe ich nichts gesagt!" Wutentbrannt stürzte er die Treppe hinunter, ging in die Kabine und schlug die Tür zu.

Aber als die anderen sich ein Weilchen später zu ihm gesellten, war er völlig verändert. Er war ganz weiß im Gesicht und hatte Tränen in den Augen.

„Das war nicht gut", sagte er, „wie ich mich vorhin benommen habe. Mein Zorn und meine Prahlerei haben zu nichts geführt. Aslan hat zu mir gesprochen. Nein – ich meine damit nicht, daß er wirklich hier war. Er würde ja gar nicht in die Kabine passen. Aber dieser goldene Löwenkopf an der Wand ist zum Leben erwacht und sprach zu mir. Es war schrecklich – seine Augen! Nicht, daß er böse zu mir gewesen wäre – nur am Anfang ein wenig streng. Trotzdem war es schrecklich. Und er sagte … er sagte … oh, ich kann es nicht ertragen. Das Schlimmste, was er sagen konnte. Ihr müßt weiterrudern – Riep und Edmund und Lucy und Eustachius; und ich muß zurück. Allein. Und sofort. Wozu soll das bloß gut sein?"

„Kaspian, mein Lieber", sagte Lucy. „Du wußtest doch, daß wir früher oder später in unsere Welt zurückmüssen!"

„Ja", sagte Kaspian. „Aber dies ist *früher*!"

„Du wirst dich besser fühlen, wenn du zum Lande Ramandus zurückkehrst", sagte Lucy.

Ein Weilchen später wurde er wieder etwas fröhlicher, aber auf beiden Seiten war es ein kummervoller Abschied, und ich will nicht viel darüber sagen. Gut ausgerüstet mit Lebensmitteln und Wasser (obwohl sie der Ansicht waren, sie bräuchten weder zu essen noch zu trinken) und mit Riepischieps Weidenboot an Bord, legte das Boot etwa um zwei Uhr nachmittags von der *Morgenröte* ab, um durch den endlosen Lilienteppich zu rudern. Als letzten Gruß zeigte die *Morgenröte* all ihre Flaggen, und die Schilde der Männer wurden hinausgehängt. Von ihrem kleinen Boot aus, umgeben von all den Lilien, erschien ihnen die *Morgenröte* hoch und breit und heimelig. Sie waren noch recht nah, als sie sahen, wie das Schiff wendete und langsam nach Westen gerudert wurde. Aber obwohl Lucy ein paar Tränen vergoß, war sie noch nicht so traurig, wie man vielleicht erwartet hätte. Das Licht, die Stille, der prickelnde Duft des Silbermeeres und (eigenartigerweise) sogar die Einsamkeit selbst war zu aufregend.

Sie mußten nicht rudern, denn die Strömung trieb sie stetig nach Osten. Keiner von ihnen aß oder schlief. Die ganze

Nacht und den ganzen nächsten Tag über bewegten sie sich in Richtung Osten, und als der dritte Tag anbrach – mit einer Helligkeit, die weder ihr noch ich ertragen könnte, selbst wenn wir eine dunkle Brille aufhätten –, sahen sie vor sich ein Wunder. Es war, als stünde eine Mauer zwischen ihnen und dem Himmel, eine grüngraue, zitternde, schimmernde Wand. Dann stieg die Sonne auf, und schon beim ersten Auftauchen sahen die vier sie durch die Wand hindurch, und die Wand leuchtete in herrlichen Regenbogenfarben auf. Da wußten sie, daß die Wand in Wirklichkeit eine lange und hohe Welle war – eine Welle, die für immer an einer Stelle steht, so, wie man es oft an der Kante eines Wasserfalls sieht. Sie schien etwa zehn Meter hoch zu sein, und Edmund, Lucy, Eustachius und Riepischiep wurden von der Strömung rasch darauf zugetrieben. Man sollte meinen, sie dächten daran, wie gefährlich das werden konnte. Aber das taten sie nicht. Ich glaube nicht, daß dies irgend jemand in ihrer Lage getan hätte. Denn nicht nur hinter der Welle, sondern auch hinter der Sonne sahen sie jetzt etwas. Wenn das Wasser des letzten Meeres nicht ihre Augen gestärkt hätte, dann hätten sie nicht einmal die Sonne gesehen. Aber jetzt konnten sie die aufgehende Sonne betrachten, und gleichzeitig die Dinge dahinter erkennen. Was sie erblickten – im Osten, hinter der Sonne –, war ein Bergzug. Er war so hoch, daß sie seinen Gipfel entweder nie gesehen haben oder es später vergaßen. Keiner von ihnen erinnerte sich, darüber den Himmel gesehen zu haben. Und die Berge müssen wirklich außerhalb dieser Welt gewesen sein. Denn jeder Berg, der auch nur ein Viertel oder ein Zwanzigstel dieser Höhe hat, müßte eigentlich von Schnee und Eis bedeckt sein. Aber diese Berge waren warm und grün und bedeckt mit Wäldern und Wasserfällen, wie hoch man auch schauen mochte. Und plötzlich kam ein Wind von Osten, verwarf die Kante der Wand vor ihnen zu schaumigen Formen und wirbelte das ruhige

Wasser um sie herum auf. Er dauerte nur eine Sekunde oder so, aber was der Wind in dieser Sekunde mit sich gebracht hatte, das vergaß keines der drei Kinder. Er brachte einen Duft und einen Klang – eine Musik. Edmund und Lucy sprachen später nie darüber. Lucy sagte nur: „Es brach einem das Herz." – „Warum?" fragte ich. „War es so traurig?" – „Traurig? Nein!!" sagte Lucy.

Niemand im Boot bezweifelte, daß sie über das Ende der Welt hinaus in das Land Aslans schauten.

In diesem Augenblick fuhr das Boot knirschend auf Grund. Das Wasser war jetzt selbst für ihr Boot zu flach. „Von hier aus", sagte Riepischiep, „gehe ich allein weiter."

Sie versuchten nicht, ihn aufzuhalten, denn jetzt schien es so, als sei alles vom Schicksal bestimmt oder schon einmal geschehen. Sie halfen ihm, sein kleines Weidenboot zu Wasser zu lassen. Dann nahm er sein Schwert ab („Ich werde es nicht mehr brauchen", sagte er) und warf es weit hinaus auf das Lilienmeer. Dort, wo es herunterfiel, blieb es mit dem Griff nach oben stecken. Dann sagte er Lebewohl. Um ihretwillen versuchte er, traurig zu sein, aber er bebte vor Glück. Zum ersten und zum letzten Mal tat Lucy das, was sie immer hatte tun wollen – sie nahm ihn in die Arme und streichelte ihn. Dann stieg er hastig in sein Weidenboot und nahm das Paddel. Die Strömung ergriff ihn und trug ihn mit sich, und er hob sich dunkel von den Lilien ab. Doch auf der Wellenwand wuchsen keine Lilien; sie erhob sich glatt und grün. Das Weidenboot wurde schnell und schneller, und es sah wunderschön aus, wie es die Wellenwand emporschoß. Für den Bruchteil einer Sekunde sahen sie das Boot und Riepischiep hoch oben auf dem Kamm der Welle. Dann verschwand er, und seit dieser Zeit hat keiner mehr Riepischiep, die Große Maus, gesehen. Aber ich glaube, daß er sicher das Land Aslans erreicht hat und daß er dort noch immer lebt.

Während die Sonne emporstieg, verblaßten die außerhalb dieser Welt liegenden Berge. Die Wellenwand blieb, doch dahinter erstreckte sich nur noch blauer Himmel.

Die Kinder stiegen aus dem Boot und wateten – nicht auf die Welle zu, sondern nach Süden, mit der Wasserwand zu ihrer Linken. Sie hätten nicht sagen können, warum sie das taten – es war vom Schicksal bestimmt. Und obwohl sie sich auf der *Morgenröte* sehr erwachsen gefühlt hatten und dies auch tatsächlich gewesen waren, empfanden sie jetzt genau das Gegenteil und hielten sich an der Hand, während sie durch die Lilien wateten. Sie spürten keine Müdigkeit. Das Wasser war warm, und es wurde immer flacher. Schließlich gingen sie auf trokkenem Sand und dann auf Gras – auf einer mit sehr feinem, kurzem Gras bedeckten Fläche, die fast auf gleicher Höhe mit dem Silbermeer lag und die sich ohne die geringste Erhebung nach allen Richtungen erstreckte.

Und wie immer, wenn alles flach und baumlos ist, sah es so aus, als käme der Himmel vor ihnen herab und berührte das Gras. Aber während sie weitergingen, kam es ihnen eigenartigerweise so vor, als neige sich hier der Himmel wirklich herab und träfe mit der Erde zusammen – eine blaue, sehr helle Wand, aber fest und wirklich. Am ehesten hätte man sie mit einer Glaswand vergleichen können. Und bald darauf waren sie ganz sicher. Die Wand war schon ganz nah.

Aber zwischen ihnen und dem Fuß der Himmelswand befand sich auf dem grünen Gras etwas, was so weiß war, daß sie selbst mit ihren Adleraugen kaum hinsehen konnten. Sie gingen weiter und sahen, daß es ein Lamm war.

„Kommt und frühstückt!“ sagte das Lamm mit sanfter Stimme.

Erst jetzt bemerkten sie, daß auf dem Gras ein Feuer flakkerte, über dem Fische brieten. Sie setzten sich und aßen den Fisch. Zum ersten Male seit vielen Tagen waren sie hungrig. Und es war die beste Mahlzeit, die sie jemals gegessen hatten.

„Bitte, Lamm“, sagte Lucy. „Ist dies der Weg zum Land Aslans?“

„Nicht für euch“, antwortete das Lamm. „Für euch liegt die Tür zum Land Aslans in eurer eigenen Welt.“

„Was!“ sagte Edmund. „Gibt es von unserer Welt auch einen Weg zum Land Aslans?“

„Aus allen Welten führt ein Weg zu meinem Land“, sagte das Lamm. Doch während es sprach, verwandelte sich das schneeweiße Fell des Lammes in gelbbraunes Gold. Das Lamm wurde größer und größer, und es war Aslan selbst, der über ihnen thronte und aus dessen Mähne Licht fiel.

„O Aslan“, sagte Lucy. „Wirst du uns sagen, wie wir aus unserer Welt in dein Land gelangen können?“

„Ich werde es euch immer wieder sagen“, sagte Aslan. „Aber ich werde euch nicht sagen, wie lang oder wie kurz der Weg sein wird; nur, daß er jenseits eines Flusses liegt! Aber habt keine Angst, denn ich bin der große Brückenbauer. Und jetzt kommt; ich werde die Tür im Himmel öffnen und euch in eure eigene Welt schicken.“

„Bitte, Aslan“, sagte Lucy. „Wirst du uns vorher sagen, wann wir wieder nach Narnia zurückkommen dürfen? Bitte. Und bitte, bitte, laß es bald sein.“

„Meine Liebste“, sagte Aslan sehr sanft. „Du und dein Bruder, ihr werdet nie mehr nach Narnia zurückkehren.“

„Oh, Aslan!“ sagten beide ganz entsetzt.

„Ihr seid zu alt, Kinder“, sagte Aslan, „und ihr müßt anfangen, eurer eigenen Welt näherzukommen.“

„Es ist nicht Narnia, weißt du!“ schluchzte Lucy. „*Du* bist es! Wir werden dich nicht mehr sehen! Und wie können wir leben, wenn wir dich nicht mehr sehen?“

„Aber ihr werdet mich sehen, meine Liebe“, sagte Aslan.

„Bist – bist du auch dort?“ fragte Edmund.

„Ja“, antwortete Aslan. „Aber dort trage ich einen anderen Namen. Ihr müßt lernen, mich unter diesem Namen zu erkennen. Und dies ist der Grund, warum ihr nach Narnia gelangt seid – da ihr mich in Narnia ein wenig kennengelernt habt, lernt ihr mich vielleicht in eurer Welt noch besser kennen.“

„Und kommt Eustachius auch nie mehr hierher zurück?“ fragte Lucy.

„Kind“, sagte Aslan. „Mußt du das wirklich wissen? Kommt, ich öffne die Tür.“

Dann – in einem einzigen Augenblick – erschien ein Riß in der blauen Mauer (wie wenn man einen Vorhang zerreißt), ein schreckliches weißes Licht von jenseits des Himmels leuchtete auf, sie fühlten Aslans Mähne und spürten einen Löwenkuß auf der Stirn, und dann – dann waren sie wieder im Hinterzimmer von Tante Albertas Haus in Cambridge.

Nur noch zwei Dinge müssen erwähnt werden. Erstens erreichten Kaspian und seine Männer sicher die Insel Ramandus. Die drei Lords erwachten aus dem Schlaf. Kaspian heiratete die Tochter Ramandus, alle kehrten schließlich nach Narnia zurück, und Kaspians Gemahlin wurde eine große Königin und die Mutter und Großmutter großer Könige

Zweitens sagten in unserer Welt alle, wie sehr sich Eustachius gebessert habe und daß er mit einemmal wie ausgewechselt sei. Alle außer Tante Alberta, die meinte, er sei sehr gewöhnlich und unangenehm geworden, und das müsse der Einfluß von Edmund und Lucy gewesen sein.